충북의 전설 읽기

충북의
전설 읽기

이주영

역락

머리말

　청주로 이사하여 10년이 흘렀다. 처음 몇 년은 전에 살던 서울과 닮은 곳이 어디인지 확인하느라 시간을 보냈던 것 같다. 지금 생각해 보면 낯선 곳에 정을 붙이기 위해 자연스럽게 선택한 일이다. 시간이 더 흘러서 괴산의 계곡으로, 보은의 법주사로, 단양의 관광지로 가족들과 함께 나들이를 하면서 차츰차츰 내가 살고 있는 충북의 빛깔은 무엇일까 알고 싶은 마음도 커져 갔다.

　충북도내 시군마다 사람도 다르고, 산천도 다르고, 그 안에서 닮은 빛을 찾기란 쉽지 않은 일이다. 충북은 광역시와 제주도를 제외하면 면적이 제일 작고, 인구는 제주도 강원도 다음으로 적은 곳, 그러면서도 7년간 전국소년체전에서 1위를 했던 곳, 정치권에서 항상 선택의 향배를 주시하는 곳, 예전에도 야간통행금지가 실시되지 않았던 곳 등으로 기억하고 있었다. 모두들 더 알고 싶은 것이 많겠지만, 행정수도 이전 논란에서 나타났듯이 수도권과 비수도권의 이분법이 여러 곳에서 위력을 행사하는 시대에 우리는 살고 있다. 지역의 독자성보다 일사분란한 체제가 더 강조되기도 한다. 거기에 더하여 지역간 문화를 비교하면 차이보다 차별이라는 단어를 먼저 연상하는 사람들이 적지 않다. 이 모두가 빛깔을 더 찾는 데 방해 요소가 된다.

그러는 사이 KTX가 다니고, 고속도로도 늘어나고, 곳곳에 자동차 전용도로도 적지 않게 만들어졌다. 겉으로 보면 소통이 원활하고 교류가 활발해져 지역의 빛깔은 더 이상 의미를 갖지 않는 것처럼 보인다. 하지만, 실상은 그렇지 못하다. 차이의 해소란 결국 모든 지역이 수도권을 겨냥하고 그에 동화되어 가는 과정일 수 있고, 그에 따라 새로운 패러다임의 차별이 만들어지는 것처럼 보인다. 지방 인재의 상당수가 수도권 유학을 선택하는 것은 오래된 일이지만, 이제는 누가 몸이 아파 진찰을 받아야 되는 상황이면 서울의 대학병원을 권하는 사람이 많아지고, 쇼핑은 서울의 터미널에서라도 해야 직성이 풀리는 사람이 늘어간다.

그런 세태 변화를 경험하면서 충북의 전통 문화도 좀 더 전면에 부각되었으면 하는 아쉬움이 커졌다. 예컨대, 청주만 하더라도 직지가 청주시를 대표하는 상징이지만, 대표 선수 하나가 팀 전체의 색깔을 좌우하지는 못한다. 많은 사람들이 직지는 책, 불교, 인쇄라는 세 가지 코드와 연결되어야 한다고 생각한다. 그러나 이들과의 연결이 모두 여의치 않은 상황이다. 그로 인한 아쉬움은 크지만, 당장 변화가 나타나기를 기대하기도 어렵다. 그래서, 계획한 것이 충북의 전설 읽기이다.

전설을 읽는 일은 세상을 읽는 여러 가지 경로 가운데 하나이다. 새 것이 현재 우리가 가진 전부라는 생각에 헌 것은 관심 밖으로 밀려나기 일쑤이다. 전설 역시 마찬가지이다. 하지만, 전설은 사라진 모습만 담고 있지는 않다. 그 안에서 우리의 모습을 찾는 것도 얼마든지 가능한 일이다. 오히려, 오랜 동안 남을 수 있었던 전설 속에 우리 모습이 비친다면 그것이야말로 중요하고 커다란 의미를 담고 있을 가능성이 크지 않겠는가.

인용한 전설은 대부분 충북 지역에서 여러 사람들에 의하여 채록되고 기록으로 전하는 것들이다. 충북의 빛깔을 찾기 위해 시작한 일이지만, 그보다 더 중요한 의의가 있다면 지역에만 전하는 자료로 읽기 대상을 한정할 필요가 없다는 생각에서 자료 선정에 나름의 융통성을 두기도 하였다. 그래서 충북이 아닌 지역에서 전승되는 전설도 필요한 경우 활용하였다.

지금은, 2~30년의 역사가 급작스럽게 전통이 되고, 수백 년의 역사가 홀대받는 것이 가능한 시대이다. 이제라도 주목하지 않는다면 머지않아 충북의 전설들은 박물관에 고이 소장된 전시품 이상의 의미를 갖지 못하게 될 것이다. 모쪼록 독자들에게 이 책이 전설에서 자신의 이야기를 읽어내고, 주변의 모습을 확인하고, 새로운 이야기를 만들어 가는 도구가 되었으면 한다.

책의 내용은 두 부분으로 나뉘어 있다.

1장부터 5장까지는 충북의 전설을 주제나 소재 중심으로 묶어 소개하고 설명을 덧붙인 글들이다. 주제를 선택한 기준은 내용상의 중요도는 아니며, 전래되는 설화의 많고 적음 또한 아니다. 사람들이 이야기를 만들어 전하는 것은 어떤 일이나 대상에 대한 관심을 표명하는 한 방법이다. 그래서 공(公)과 사(私)가 이야기에서 어떤 역할이나 의미 변화를 하는지를 중심에 두었다.

예컨대, '효도'는 부모와 자식 사이의 사적 관계에서 성립된다. 이 야기로 만들어져 전래되는 과정에서는 이 사적 관계가 공공의 영역으로 노출되어 다른 사람들의 이목을 자극하고 그들의 판단이 중요한 의미를 갖게 된다. 따라서, 오늘날 효도의 의미가 더 이상 전통사회에서의 그것과 동일할 수 없는 이유는 바로 외부의 사람들이 사적 관계를 바라보는 시선에 변화가 생겼기 때문이다. 그래서 효도 이야기는 어떤 조건을 필요로 하고 시선의 차이는 어떻게 나타나는지 살펴보았다.

'산성'을 소재로 한 이야기는 이와 다르다. 효도 이야기가 선택한 방향이 사(私) → 공(公)이라면, 대부분의 산성 이야기는 거꾸로 공(公) → 사(私)의 방향을 취한다. 이 같은 방향의 차이는 산성의 성격 변화로부터 생겨난다. 산성은 공공의 이익을 위해 축조되지만, 더 이상 제 기능을 수행하기 어려워질 때 그 대상에서 사람들이 어떻게 의의를 찾으려고 하는지 설명을 해 보고자 하였다. 그밖에 '사랑', '신앙', '신분'에서도 공과 사를 대하는 이야기 전승집단의 의식에 주목하여 전설 읽기를 시도하였다.

6장과 7장은, 충북을 대표하는 인물 가운데 우암 송시열 선생과 충민공 임경업 장군에 관련된 이야기를 분석한 글이다. 충북 지역의 전설에 국한된 논의는 아니지만 전설이 가진 다양성, 특히 주류적 사고와 다른 부분에 어떻게 관심을 표명하였는지 주목하였다.

집필 과정에 활용한 자료들은 대부분 충청북도의 공공 기관에서 발행했거나 발행을 지원한 서적, 그리고 시군 홈페이지에 게시된 것들이다. 독자들이 쉽게 접근할 수 있는 자료를 가지고 함께 전설을 읽어보자고 제안하기 위해서 그런 자료들을 택하고 제시하였다. 자료 활용에 대하여 별도의 양해를 구하진 못했지만 이 자리를 빌어 감사드린다. 지역 문화를 소개하고 의미를 찾기 위해서 자료를 활용하는데 대해서는 모두가 이해하고 협조해 주실 것이라 믿는다. 독자의 편의를 위하여 원자료의 의미에 훼손을 가하지 않으면서 약간 수정을 가한 부분도 없지 않다. 그로 인해 혹 발생했을 오류는 모두 필자가 감당해야 할 몫이라는 점을 밝힌다.

책을 펴내는 도서출판 역락의 이대현 사장과 이태곤 본부장, 두 분은 자주 웃는 게 서로 닮은 유일한 점일 것 같다. 그 웃음과 오랜 인연에 기대어 출판을 맡아준 데 감사드린다. 평생을 한결같이 대해 주시는 아버지 어머니께, 키도 마음도 아비보다 훌쩍 커버린 기원과 성원에게, 그리고 동반자 백천의에게 평소 표현하지 못했던 고마움의 속내를 책을 건네며 대신 전하고 싶다.

2011년 9월 중추.
무심천을 바라보며 쓰다.

차 례

제 1 장

효도 이야기

'효' 관념 위기의 시대

2008년 일본 도쿄(東京)에서는, 65세가 넘은 사망자 가운데 혼자 살다 세상을 떠난 이들이 2200명을 넘었다.[1] '고도쿠시'(孤獨死)라고 불리는 이 같은 사례, 즉 노인들의 외로운 죽음은 1980년대부터 일본에서 사회 문제로 부각되었다. 그 무렵 우리도 일본과 유사한 길을 걷게 되리라 생각한 사람은 많지 않았을 것이다.

하지만, 2010년 우리나라도 독거노인으로 분류되는 65세 이상 1인 가구의 숫자가 100만을 넘어섰다. 증가율 또한 가파르다고 전해진다.[2] 혼자 사는 노인의 숫자가 이처럼 급격히 늘어나는 현상은 우리로 하여금 자연스레 전통 사회의 '효' 관념이 어떻게 변해가고 있을까 하는 의문을 갖게 한다.

---

1) <日노인 '외로운 죽음' 늘고 있다>, ≪문화일보≫, 2010.4.7.
2) "기획재정부와 통계청 등에 따르면 올해 독거노인 가구(65세 이상 1인 가구)는 104만3989가구로 추정돼 지난해(98만7086가구)에 비해 5만6903가구(5.8%) 늘었다. 2006년 83만3072가구였던 독거노인 가구는 2년 만인 2008년(93만3070가구) 90만가구를 돌파했고, 다시 2년 만에 100만가구를 넘어섰다.", <독거노인 가구 100만 돌파>, ≪경향신문≫, 2010.7.22.

과거라고 해서 독거노인들이 없지는 않았다. 이는 조선 태조 임금의 <즉위교서>를 통해서도 확인할 수 있다.

> 환과고독(鰥寡孤獨)은 왕정(王政)으로서 먼저 할 바이니 마땅히 불쌍히 여겨 구휼해야 될 것이다. 해당 지역의 관청에서는 그 굶주리고 곤궁한 사람을 도와주고 그 부역을 면제해 줄 것이다.[3]

'환과고독'이란 늙어서 아내 없는 남자, 젊어서 남편 잃은 여자, 부모 없는 어린이, 자식 없는 노인을 일컫는다. 왕정의 우선 순위를 이들 환과고독의 구휼에 두겠다는 의지를 천명했다는 점은 그 대상에 포함되는 독거노인들이 조선에서도 사회적 관심과 배려의 대상이었음을 말해 준다. 얼핏 보면 이는 오늘날의 사회보장제도와 흡사해 보인다. 하지만, 조선의 시책은 사회 구성원 각자의 의무와 역할을 전제로 한 것이라는 점에서 오늘날과 사뭇 다르다. '효도' 역시 조선에서는 구성원에게 우선적으로 부가되던 의무 가운데 하나였다.

조선은 효 이외에도 경로사상, 부모 봉양 등이 구성원의 책무였다. 그 일을 맡아줄 사람이 주변에 없는 처지에 놓인 이들이 환과고독이므로 국가가 이들을 돕겠다고 나선 것은 배려 차원의 정책이었다.

오늘날에는 구성원 각자의 책임감보다 국가의 정책이 우선 순위에 놓인다. 국가는 환과고독이라는 개인의 처지에만 주목하지는 않으며, 모든 국민에게 최소한의 삶의 질을 보장하기 위해 적극적으로 정책을 세우고 이를 실천한다. 독거노인은 그러한 정책의 수혜를 받는

---

3) 《태조실록》, 태조 1년(임신 1392), 7월28일(한국고전종합DB http://db.itkc.or.kr/)

대상자들 가운데 한 부류 이상도 이하도 아니다. 그러다 보니 구성원 각자가 지녀야 할 책임의식이 상대적으로 희박해지는 것은 피할 수 없는 현상이라고 하겠다.

현대 사회에서 독거노인 문제는 노인에 대한 사회 전반의 인식 변화와도 연관된다. 그 변화를 가장 선명하게 보여주는 곳이 전철 객차 안이다. 노인들 스스로 문화를 만들어가는 장소로 탑골 공원 같은 곳이 있고, 노인들의 현재 모습이 잘 드러나는 곳으로는 노인 전문 병원도 있다. 그러나, 이곳들은 노인이 중심에 있는 곳이어서 전철과 다르다. 전철에는 노약자석이 설치되어 있지만, 그곳은 모두가 낯선 상태로 만나는 공간이다. 별다른 의도가 없이도 사람들은 노약자석 근처에서 생면부지의 노인들을 지켜보게 되고, 노인의 위상을 확인하며, 때로는 자신의 노인관을 부지불식간에 드러내게 된다.

전철 안 노약자석은 사회적 약자를 보호해야 한다는 구성원들의 암묵적인 동의와 협조를 바탕으로 운영된다. 경로사상이라는 전통의 미덕을 계승한다는 특별한 의미를 담은 장소로도 보인다. 무엇보다 노약자석은 많은 사람들을 편리하게 한다. 이미 마련된 자리이니 양보를 받고 미안해하지 않아도 되고 자리 양보를 두고 고민할 필요도 없다. 자리를 두고 서로가 앉기를 권하는 민망한 장면도 사라진 것처럼 보인다.

고마움을 표시할 기회가 줄어든 대신 찾아온 편리함에는 대가를 지불해야 한다. 사람들이 내려놓은 마음의 짐은 고스란히 노약자석으로 옮겨진 것처럼 보이고, 그 짐은 심심찮게 잡음을 만들어 낸다. 그래서 몇몇 장면들은 당초 노약자석을 만든 이유가 무엇이었는지

반문하게 한다. 다음 기사에서도 그런 장면 가운데 하나를 소개하고
있다.

> 노약자석에 다리를 꼬고 앉은 임산부를 폭행한 60대 남성이 경
> 찰서 신세를 졌다. 서울 강남경찰서는 16일 지하철 노약자석에 앉
> 은 임산부를 때린 고모씨(67)를 폭행 혐의로 불구속 입건했다.
> 경찰에 따르면 고씨는 지난 15일 오후 7시10분쯤 삼성역에서
> 선릉역 방향으로 향하던 지하철 2호선에서 임산부 정모씨(30)가
> 노약자석에 다리를 꼰 상태로 앉아 있자 "젊은 아가씨가 노약자석
> 에 앉아 있냐"며 노발대발하면서 왼쪽 허벅지를 때린 혐의를 받고
> 있다.[4]

60대 노인이 노약자석에 앉은 임산부를 때려서 입건된 일 말고도,
또 다른 60대 노인이 노약자석을 두고 다투다 사망하는 사건도 있었
다.[5] 그런 불미스러운 일을 줄여보고자 지금 노약자석에는 노인, 장
애인, 임산부가 앉을 수 있다고 그림과 문자로 표시되어 있지만, 그
것으로 문제가 모두 해결된 것은 아니다.

노약자석 주변으로 눈을 돌려 보면, 노인들에게 험한 말을 한 사
람들을 일컫는 막말남, 막말녀, 반말남, 패륜녀 등의 검색어가 전철
에서 만들어진다. 또, 노약자석이 비어 있어도 일부러 앉지 않는 사
람들, 제도 운영에 불만을 가진 사람들도 있다.

우리 사회에서는 아직도 절대 다수의 시민들이 노인을 공경해야
한다는 생각을 갖고 있을 것이다. 노약자석의 설치에 공감하는 사람

---

4) ≪머니투데이≫, 2011.3.16.
5) ≪YTN≫, 2006.8.18.

들의 숫자도 그와 큰 차이가 없
으리라고 판단된다. '노약자석'을
둘러싸고 벌어지는 사건들은, 그
래서 생각의 변화 때문이 아니라
새로운 제도가 정착되는 과정에
서 이에 적응하지 못한 사람들
때문에 발생한다고 설명할 수도
있다.

▲ 궤장(경기도 박물관 소장)

　제도 탓이 아니라 사람 탓으로
보자는 것이다. 노인들에게 적용
되는 무임승차권도 초기에는 지
하철 공사가 적자이기 때문에 폐
지해야 한다는 주장이 강했고, 시내버스가 노인 혼자서 차를 기다리
는 정류장을 정차하지 않고 통과해 버리는 등의 잡음이 있었지만 문
제를 보완하면서 제도가 정착되었다. 그래서, 노약자석에서 생기는
문제도 시간이 흐르면 자연스레 사라질 것이라고 기대해 볼 수 있다.

　하지만, 제도로서 시행되는 경로우대제[6]는 강제할 수 있지만, 특
정의 자리에 앉고 서는 일은 강제할 수 있는 사안이 아니다. 노약자
석에 앉는 나이, 장애 등급, 임신 월령을 제한할 수 있는가? 그들 사
이에 우선 순위라는 것이 있을까? 이런 사안들에 대해서는 명확한

---

6) 1980년부터 시행된 제도로, 65세 이상 모든 노인을 대상으로 보건사회부장관 명의
　의 경로우대증을 발급하고 노인들이 자주 이용하는 철도, 지하철, 버스 등의 교통
　요금, 공원, 고궁, 극장, 운동장 등의 공공시설 이용요금, 목욕, 이발 등의 서비스요
　금을 전액 무료로 하거나 일부 할인해 준다.

선긋기가 어렵다. '노약자석'을 원활하게 운용하려면 그래서 개개인의 이해와 협조가 절대적으로 필요하다. 실제로, 전철 안에서 일어나는 노인과 관련된 문제 상황들은 대부분 경로에 대한 의식의 차이와 무관하지 않다.

경로 의식은 기본적으로 나이를 우대한다는 의식이다. 그런 생각이 바탕에 있었던 조선에서는 기로소(耆老所)를 두어 70세가 넘은 퇴임관리들을 예우하고, 70세가 넘은 공신에게는 나라에서 잔치를 베풀어 궤와 장을 하사하기도 하였다.(<사진> 참조) 모든 노인들이 대상은 아니었으나, 기로소와 궤장은 연로한 사람은 존중받을 자격이 있고, 연장자는 반드시 존중해야 한다는 상징적 의미를 담은 제도이다.

그런데, 서구사회보다 우리가 장유유서(長幼有序)를 중시하기는 하지만 그렇다고 해서 모든 조건을 무시하고 나이만 앞세운 것은 아니었다. 조선시대에는 신분이 더 중요했고, 현재 우리는 지위나 경제력을 나이 못지않게 중요하게 여기는 풍토 속에서 살고 있다. 실제로, 나이가 갖는 위력에 대한 의문은 조선 시대에 쓰여진 우화소설에서 거듭 확인할 수 있다.

<노섬상좌기>에서, 산 속에 사는 짐승이 한자리에 모이자 노루가 '고을에는 나이만한 것이 없다'[7]는 논리를 내세워 서열을 정하자고 제안한다. 이에 여우, 원숭이 등이 나이가 많다고 주장하지만 승리는 두꺼비의 몫이 된다. 짐승들은 결과를 수용하여 두꺼비에게 공손한 태도를 취하는데, 성성이 즉 오랑우탄은 술에 취해 두꺼비를 업신여

---

7) 증자가 말씀하시기를 "조정에는 벼슬만한 것이 없고, 마을에는 나이만한 것이 없고(鄕黨莫如齒), 세상과 백성을 다스림에는 덕만한 것이 없다." <준례편>, ≪명심보감≫.

기려 든다. 이에 두꺼비는 성성이를 점잖게 타이른다. 여기까지만 보면 나이에 대한 짐승들의 생각은 문제가 없어 보인다.

이때 잔치에 초대받지 못한 호랑이가 나타나자 상황은 갑자기 달라진다. 연장자로 인정받지 못했던 여우가 나서서 호랑이를 달래어 돌려보내는데, 이때 두꺼비의 모습은 아주 초라하다.

> 두꺼비가 상좌(上座)에 앉은 채 가만히 엎드려 숨도 크게 쉬지 아니하고 모래로 등을 가렸으니 아는 이가 없더라. 여우가 그 두꺼비 어른을 몰라보고 등을 디디고 다니니 두꺼비가 크게 소리지르고 팔짝 뛰어 내달으며 크게 꾸짖어 말하기를
> "네가 아무리 영리하지 못한 짐승인들 늙은이를 몰라보고 디디고 다니니 너같이 무식한 놈이 어디 있으리요."
> 여우가 무안하여 아무 말도 못하니, 노루가 만류하며 말하기를
> "저 놈이 바쁘고 급해서 무례하나 오늘 공이 있으니 죄를 용서함이 좋을까 하노라"[8]

존장 대우를 받고 거드름을 피우던 두꺼비는 호랑이가 나타나자 숨도 못 쉬고 모래 속에 숨는다. 여우는 자신의 언변으로 호랑이를 돌려보내고 신이 나서 다니다가 두꺼비를 짓밟게 된다. 여러 짐승들의 우두머리라고 자타가 공인한 두꺼비는 그래서 배가 터져 죽을 뻔하고, 정신을 차린 후 짐승들의 위로를 받는다.

나이를 둘러싼 다툼은 <장끼전> 등에서도 보이는데, 문학에서는 우화소설의 이런 내용을 '쟁년(爭年) 모티프'라고 일컫는다. 조선 후기

---

8) <노섬상좌기>, 《삼설기》, 27장본, p.52.

에는 노루와 같이 경제력을 갖춘 세력 즉 '요호부민(饒戶富民)'이 등장한다. 이로 말미암아 향촌 사회의 지배집단이 변화를 겪게 되는데, 우화소설의 나이다툼은 이 같은 사회상을 반영한 것으로 이해할 수 있다.[9]

호랑이를 제쳐두고 모인 짐승들은 새로운 질서를 세우려고 한다. 이는 권력에 의한 질서가 아닌 다른 질서가 필요한 시공간이 만들어졌음을 의미한다. 그들은 의외로 쉽게 순위를 정하는 유일한 기준으로 '나이'에 합의한다. 윗자리는 뜻밖에 두꺼비가 차지하는데, 그 의외성은 두꺼비를 우스꽝스럽게 묘사한 대목을 통해서도 확인할 수 있다.

그런데, 권력자 호랑이가 등장하자 두꺼비의 승리는 무의미해지고, 나이는 아무런 위력을 발휘하지 못한다. 호랑이가 돌아간 후 짐승들은 모두 두꺼비를 위로하지만, 이미 두꺼비의 위신은 크게 손상된 후이다. 그렇다고 해서 나이가 부정되지는 않는다. 두꺼비에 대한 어른 대우에는 변화가 없기 때문이다.

이 같은 내용은 집단의 구성원이 다양해지면서 '나이'가 부각되는 새로운 상황을 반영한 것이다. 모임을 주선한 노루와 장소를 찾아낸 두꺼비는 성향이 다르지만 나이를 공통의 관심사로 공유한다. 그러나 나이다툼은 상황에 따라 '나이'가 분명한 한계를 가진다는 사실도 자연스럽게 전하고 있다.

상황에 따라 나이의 무게가 달라지는 것은 현실에서도 마찬가지이다. 노인과 약자를 함께 배려한다는 노약자석의 의미도 달라지고 있

---

9) 정출헌, <조선후기 향촌사회 변동과 우화소설 - 우화소설에 삽입된 '쟁년 모티프'를 중심으로>, 민족문학사학회, 《민족문학사연구》1, 1991.

다. 노인은 자연스레 '약자'라는 단어에 포함되고, 사람들은 노인이라는 단어에 상대적인 기준이 아닌 절대 기준을 적용하려 든다. 선택의 여지를 잃은 사람들은 자의반 타의반으로 노약자석과 일정한 거리를 두고, 노약자석은 노인 문제를 홀로 떠안고 분투하는 외로운 섬처럼 보인다.[10] 전철회사가 자랑거리로 삼는 노인 무임승차를 두고 때때로 시비가 생겨나고 전철을 벗어나면 그마저도 찾아보기 힘들다는 점이 그런 생각을 더욱 굳게 한다.

실제로, 개개인의 소망이나 의지와 무관하게 우리가 살고 있는 사회는 언제부터인가 '나이'에 대하여 충분한 대접을 하지 못한다. 아니 대우하기를 꺼린다. 홀대하는 경우도 다반사이다. 전철 노약자석은 그로 인한 우리의 불편한 속내를 위로하는 마음 속 피난 공간인지도 모른다.

'나이'에 대한 생각이 달라지는 세태를 지하철 노약자석에서 읽을 수 있다면, 효도에 대한 생각은 어떨까? 이는 경로사상보다는 견고해 보인다. 아무리 세상이 변해도 혈육의 정은 좀처럼 흔들리지 않을 것이기 때문이다. 하지만, 효도는 부모에 대한 사랑과 동의어가 아니다. 가정이 부모와 자녀의 수직적 관계 중심에서 남편과 아내의 수평적 관계 중심으로 바뀐지도 오래이다. 가족보다 구성원 하나하나의 입장이 더 중요하다는 의견도 만만치 않게 제기된다. 이런 변화들은 모두 효도에 대한 인식과 직간접적으로 연결되어 있다.

중학교 3학년을 대상으로 한 조사 결과를 보면,[11] 효도관에 변화

---

10) 여성들만 탑승하는 전용 객차를 만들자는 논의도 노약자석과 흡사한 문제를 안고 있다.
11) 김두현, "효사상(孝思想)과 효문화(孝文化) : 군단위(郡) 지방소재 중학생들의 효

가 감지된다. 이 조사에서 부모에 대한 공경 의식은 81.3%, 부모 봉양은 당연한 도리라는 효 의식은 68.1%의 중학생이 지니고 있는 것으로 나타났다. 그러나, 부모를 모실 것인가에 대해서는 '반드시 모신다'에 61.5%의 중학생이 응답하였다.

절대적 기준이란 것을 정할 수 없기 때문에 응답률만을 가지고 효의식의 높고 낮음을 판정하기는 어렵다. 부모에 대한 공경 의식에 100%가 긍정적인 반응을 보인다고 한들 현실이 그렇지 못하다는 사실을 누구보다 우리 스스로가 잘 알고 있지 않은가. 그럼에도 불구하고 부모에 대한 생각을 묻는 설문 항목마다 중학생들의 응답률이 차이를 보였다는 것은 효도에 대한 청소년들의 생각이 다양해지고 있다는 점을 확인하는 의미가 있다.

노인들이 많아지고, 경로 의식이 달라지며, 나이에 걸맞는 대우가 위협 받는 시대에 효의 의미는 무엇일까? 충북에서 전승되는 효자 효녀 관련 전설을 통해 이를 점검해 보기로 한다.

(孝) 의식에 대한 조사 연구"(한국청소년효문화학회, 청소년과 효문화 16, 2010, p.171.

효자 이야기의 전형 : 청원 남일면 효촌, 경연

　　청원군 남일면에는 조선 성종 때 인물 경연(慶延)의 효행을 기리는
비석이 세워져 있다. "효자 현감 경연의 마을"(孝子縣監慶延之里)이라고
새겨진 이 비석은 숙종 때에 세워진 것인데, 그와 교유했던 조선 전
기의 유명한 문신 김종직은 다음과 같은 시를 남기기도 하였다.

　　　　〈서원 길가에서 경연의 옛집을 바라보며〉[12]

지금 세상엔 순전한 효자가 없으나	今世無純孝
서원(청주)에 유독 경군(경연)이 있구나	西原獨慶君
이름 높여 증자와 민자를 이어받았으니	揚聲繼曾閔
벼슬을 받아 요순시절을 만났도다	錫爵遇華勛

　　김종직은 이 작품 외에도 경연과 연관된 시를 두 편 더 남겼다.
인용시에서는 경연을 '순효'(純孝)라 지목한 부분이 눈에 뜨인다. 순효

---

12) <西原路上望大有故居>, 《점필재집》, 시집 17권.

란 순전한 효, 즉 다른 것이 개입될 여지가 없는 '효' 그 자체라는 의미이다. 어떤 행적을 남겼기에 경연이 그런 평가를 지인으로부터 받았는지 살펴보자. ≪신증동국여지승람≫에는 경연의 효행을 다음과 같이 소개하고 있다.

> **경연**(慶延) : 천성적으로 효성이 지극하였다. 그의 아버지가 병이 들었는데 한겨울에 생선을 먹고 싶어 하므로 경연이 그물을 들고 물에 들어가서 잉어 두 마리를 잡아다 올렸더니 아버지의 병이 과연 치유되었다. 뒤에 부모가 돌아가자 묘 앞에 여막을 짓고 전후 6년 동안이나 시묘살이를 하고, 가례(家禮)대로 제사를 받들면서 아내와 함께 손수 제삿거리를 장만하니, 이웃이 모두 교화되었다.
> 성종이 그 소문을 듣고 불러들여 선치전(宣致殿)에서 인견하고 격려하여 특별히 4품 벼슬을 주고 사재주부(司宰主簿)에 임명하였다. 얼마 후에 이산 현감(尼山縣監)으로 나가니, 아전과 백성들이 모두 경외하면서 사모하였다. 그가 죽자 고을 사람들이 장사지낼 거리와 기름·꿀 등을 장만하여 그의 아내에게 보내었더니, 아내가 말하기를, "어찌 남편의 깨끗한 덕을 감히 더럽힐 수 있겠는가." 하고 모두 받지 않았다.13)

한 인물의 행적 모두를 기록으로 남기는 일은 불가능하다. 경연의 효행도 기록된 것 이상으로 많았을 터이고, 기록은 그 가운데 일부에 지나지 않는다고 보아야 한다. 특히 경연의 기록에서는 효행의 구체적 예시보다 그와 연관된 주변 사실들, 그러니까 이웃을 교화하고, 임금을 인견하고, 벼슬을 받고, 고을 백성들이 그를 경외했다는

---

13) <청주목>, ≪신증동국여지승람≫ 15권(한국고전종합DB http://db.itkc.or.kr/).

내용 등이 더 비중 있게 다루어지고 있다. 경연의 효행은 워낙 유명하기에 타인들의 반응을 중심으로 내용이 채워진 것으로 보인다.

기록이 가진 이 같은 한계를 보완하고 미진한 부분

▲ 경연 효자비각(출처 : 충청리뷰)

을 채워 효행에 대한 사람들의 궁금증을 해소하도록 전설이 남아 전한다. 전설은 기록보다 좀 더 절박하고 극적인 내용을 담고 있다.

경연의 아버지가 병에서 회복된 후 이번에는 어머니가 사경을 헤매게 된다. 때마침 집에 들른 탁발승이 노심초사하던 경연에게 생고사리국이 효험이 있을 거라 전한다. 한겨울에 생고사리를 구할 수 없었던 경연은 시루떡을 들고 산에 올라 산신께 기도를 올린다. 며칠 후 시루가 기울어져 있는 것을 발견한 경연은 이를 바로잡으려 시루를 드는데, 시루 밑에서는 한겨울임에도 불구하고 작은 고사리가 자라고 있었다. 고사리가 자라면서 그 위에 놓인 시루가 기울었던 것이다. 이 고사리를 가져다 국을 끓여 어머니에게 드리니 병이 나았다고 전설은 이야기한다. 경연이 고사리를 발견했다는 곳은 그 후 '시루봉'이라고 불리는데, 지금은 그 아래에 공군사관학교가 자리하고 있다.

기록과 전설은 모두 경연의 효행을 전하고 있지만, 구체적인 사안에서 약간의 차이가 발견된다. 우선 사경을 헤매는 어머니가 더 위급한 상황에 처해 있다. 아버지를 위해 겨울에 잉어를 잡는 일도 쉽지 않았겠지만 며칠씩 산에서 하는 기도가 좀 더 힘들어 보인다. 노력한 결과로 얻은 잉어와 고사리 가운데는 한겨울에 얻은 생고사리가 더 의외성이 크다.

이러한 차이를 통해서 효도 이야기가 일반적으로 갖고 있는 조건들을 생각해 볼 수 있다. 효를 대표하는 고전소설 <심청전>을 함께 검토하면서 그 조건을 살펴보기로 한다.

첫째, 효행이 부각되려면 이야기 속에는 일상적 생활을 영위하기 어려운 처지의 **힘없는 부모**가 먼저 있다. 부모는 본래 자식 앞에서 약할 수 없는 존재이다. 세상에서 가장 강한 사람이 엄마라고 하지 않는가. 자식들 앞에서만큼은 언제나 강해야 하고 강하고 싶은 것이 부모일 것이다. 그러나 경연의 아버지는 병이 들었고, 어머니는 사경을 헤맨다. 평상시의 정상적인 부모 모습과는 거리가 먼 상황이다.

<심청전>에서 심청의 아버지 심학규는 어떠한가? 그는 앞을 볼 수 없는 맹인이다. 그에게 수족 같던 아내는 출산 후 병을 얻어 세상을 떠난다. 분유도 없는 시절이므로 심학규는 젖동냥을 해가며 갓난아이를 혼자서 길러야 한다. 심청이가 자란 후에는 딸의 도움을 받지만, 이번에는 눈을 뜰 수 있다는 말에 덜컥 공양미 300석을 바치겠노라고 몽은사 화주승과 약속을 한다.

심학규는 젊었을 적에 시력을 잃었다. 그러니 앞을 보지 못해 개천에 빠진 스스로를 누구보다 한심하게 여기고, 시력을 되찾고 싶은 마음 또한 어느 때보다 강렬했을 것이다. 그러나, 하나 밖에 없는 딸이 남의 집 일을 도와주고 삯을 받아 부녀가 근근이 살아가는 형편임을 생각한다면 심학규의 약속은 성급한 일이고 잘못된 결정이다.

잠시 분별력을 잃었던 것이라고 그 장면을 이해한다고 해도, 이후의 행동 또한 정상에서 벗어나 있다. 딸이 떠나기 전 마지막으로 차려 준 밥상을 앞에 놓고 반찬이 많다며 즐거워하는 심학규의 모습, 거기에서는 아버지의 강인함은 없고 물정 모르는 인간의 나약함만이 확인된다. 결국 그런 아버지의 모습이 심청의 지극한 효행을 낳는 출발점이 된다.

효자 이야기에서는 이처럼 부모가 처한 문제적 상황이 먼저 제시된다. 가장 일반적인 경우가 연로하고 병든 부모인데, 우리가 살아가는 고령화 사회는 그 점에서도 '효'와 거리가 멀도록 만든다.

많은 노인들이 적지 않은 종류의 약을 상시 복용하면서 노년에 질병은 당연한 것이고 악화되지만 않으면 정상이라는 생각이 널리 퍼져있다. 희소가치를 우선하는 사회에서는 사안의 중요성이 접촉의 빈도와 반비례한다. 아무리 중요한 문제라도 그것이 빈발할 경우 사람들은 무감각해지는데 노인의 질병이 그런 예이다. 물론 무감각보다 더 심각한 사례도 있다. 대상과의 잦은 접촉을 통해서 충분한 경험을 했기 때문에 자신이 가장 잘 안다고 착각하는 경우에는 부작용이 타인에게까지 영향을 줄 수 있어서 더욱 위험하다.

효행을 낳는 두 번째 조건은 **자식의 자발적 희생**이다. 경연은 한겨울에 잉어가 활동하지 않아 찾기조차 쉽지 않다는 사실을 알면서도 그물을 들고 차가운 물에 몸을 담근다. 그리고, 겨울에 생고사리를 얻기란 불가능에 가까운데도 시루를 지고 산에 올라 며칠씩 기도를 올린다. 탁발승의 말 한마디에 일신의 편안함을 포기한 경연에게는 부모에 대한 애정 이상의 진심(盡心)이 있었다고 해야 한다. 6년 동안 부모의 묘소를 지키는 시묘 행위는 모든 일상을 포기해야 가능한 일이다. 그러나 경연은 그것들을 실천에 옮겼고, 마침내는 임금을 알현하고 벼슬을 받게 된다.

심청이도 희생을 자처했다. 그녀는 다소 무모해 보이는 듯한 아버지의 약속에 대해 이의를 제기하지 않았다. 맹목적으로 부모에게 순종하는 것이 효라고 생각했을 수도 있고, 혹시라도 공양미가 아버지의 눈을 뜨게 해줄지도 모른다고 기대했을 수도 있다. 그렇다면 심청 역시 분별없기는 아버지 심학규와 마찬가지다. 사람의 생명보다 더 소중한 것은 없기 때문이다. 심청의 선택은 사람의 목숨을 좌우할 정도로 절박한 상황에서 이루어진 것이 아니었다. 심청은 보람없는 일을 앞에 두고 굳은 결심을 했는지도 모르고 그랬다면 그녀의 희생은 빛이 바랠 가능성도 짙다.

심청이의 결심 뒤에는 아버지를 위해 희생한다는 생각이 자리하고 있다. 그것은 약속을 지켜야 하는 아버지를 대신하겠다는 책임감의 발로이기도 하다. 약속이 허황된 것이든 신실한 것이든 그것은 중요치 않다. 거기에, 아버지의 희망을 헛되게 할 수 없다는 판단도 작용했으리라. 몸값 300석이 바로 아버지에게 광명을 가져다주지는 않는다 해도 그것이 없다면 300석은 희망에서 절망으로 그 의미가 바뀌게 된다. 아버지의 절망 대신 차라리 자기 희생의 길을 택한 심청이는 그래서 효의 대명사가 된 것이다.

심학규의 경우가 아니라도, 자식이 부모를 위해 희생을 감수하겠다고 했을 때 용납하는 부모는 없을 것이다. 정상적인 상황이라면 가장 앞장서서 만류할 사람이 부모 자신이다. 그러나, 부모는 그런 판단이나 의사표현이 불가능한 처지에 놓인 경우가 많다. 시묘살이와 같은 경우는 아예 부모가 세상에 살아계시지도 않는다. 누군가를 위해 희생을 자처한다고 할 때 그 누군가가 자신의 희생을 인지하지 못하는 상황이라면 그 희생의 의미는 더욱 숭고하게 인식되는 경향이 있다. 감성이 그렇게 판단하도록 우리를 이끌고, 시묘는 그 자체만으로도 대표적인 효행이 된다.

효행에 대한 보상과 인정
: 제천 청풍면 선심골 효녀

효도 이야기가 완성되기 위해서는 부모에게 닥친 문제 상황과 자식의 자발적인 희생 외에 또 하나의 조건이 필요하다. 효행에 대한 **보상**과 주변의 **인정**이 그것이다. 기실, 효도란 보상을 염두에 두고 이루어지는 행동은 아니다. 또한 주변의 인정을 받아야 효행이 완성되는 것도 아니다. 그럼에도 이야기 속에 보상과 인정이 포함되는 까닭은 무엇일까? 그 답으로는 다음 두 가지를 생각해 볼 수 있다.

첫째, 효도는 부모와 자녀 사이의 사적인 관계에서 이루어지는 행위이다. 따라서, 외부에서 확인할 수 있는 효행의 징표가 반드시 있어야 하는 것은 아니다. 경연이 잉어나 생고사리를 얻지 못했다 해도 그가 불효자가 되는 것은 아니며, 심청이 황후가 되고 아버지가 눈을 떠야만 그녀의 효가 완성되는 것도 아니다. 그러나, 자녀에게 효가 의무로서 강조되고, 이것이 공공의 영역에서 이념으로 기능하게 되면서 가족 사이의 사사로운 일들은 공공의 관심사가 된다. 이 때문에 외부의 기대를 저버리지 않고 그들을 설득할 구체적 수단으로 행위에 대한 보상이 효자 이야기의 결말로 덧붙는 것이다.

둘째, 효도에 대한 생각은 저마다 다를 수 있다. 이는 효행이 부모 자녀 양쪽에 무게를 두지 않고 자녀만을 주목하는 탓이다. 고전소설에서는 계모로부터 갖은 모략을 받고 터무니없이 매를 맞아도 이를 묵묵히 수용하는 아들이 효심 가득한 모범생으로 그려져 있다. 또, 자신을 박대했던 부모의 잘못이 드러나는 것을 불효라 여기고 '양광(佯狂)' 즉 거짓으로 미친 체하는 효자의 모습도 보인다.

연극 <염쟁이 유씨>에서는 평생 남의 시신을 염하는 일로 살아온 주인공이 하나 밖에 없는 아들의 시신을 앞에 두고 노동운동을 하다가 자신보다 먼저 저세상 사람이 된 아들의 불효를 탓한다. 그러다가 이내 아들의 효도는 아이 적에 부모에게 웃음을 준 것만으로 충분했노라고 혼잣말하며 울먹인다. 효행에 대해서는 이처럼 다양한 시선이 있을 수 있다. 이러한 차이를 이야기에서는 사회적 인정의 유무로 처리한다. 제천 선심골의 효녀 선심이 이야기는 그러한 보상과 인정이 잘 확인되는 경우이다.

<제천 선심골 효녀>

선심이는 병든 어머니를 대신하여 온갖 집안일을 도맡아 하는 어린 소녀이다. 산에서 약초를 캐어 어머니의 병을 낫게 하고픈 선심이는 어머니의 병환이 깊어지자 아예 산에서 살다시피 하고 끼니를 굶어가며 약초를 캐러 다닌다. 마을 사람들은 이를 불쌍하게 여겨 양식을 보태기도 한다. 어느 날, 약초를 캐기 위해 산에 오른 선심이는 바위 밑에서 비를 피하다 피곤해서 깜빡 잠이 든다.

그러자 꿈속에 산신령이 나타나 앉아 있던 자리를 파보라고 지시한다. 그 자리에서 산삼을 발견한 선심은 이를 어머니에게 드리고, 어머니는 병이 낫는다.

마을사람들은 너도나도 산삼을 캐기 위해 산에 오르지만 아무도 산삼을 발견하지 못하고, 선심이 살았던 제천시 청풍면 연론리에는 효녀 선심이의 이름을 따서 선심골이라는 지명이 붙어 전해 온다.14)

자식에 대한 부모의 사랑은 본능에 가까운 것이다. 그래서 따로 강조할 필요도 없거니와 대가를 필요로 하지 않는다. 동물의 세계에서도 새끼가 부화해 독립할 때까지 둥지를 지킨다는 가시고기, 다른 새 둥지에 슬쩍 자기 알을 집어넣는 탁란 행동을 하는 뻐꾸기, 야생에서 혼자 여러 마리의 새끼를 길러야하는 어미 표범 등등 수많은 사례를 통해 우리는 부성애 혹은 모성애를 읽어내려고 애쓴다.

부모를 향한 자식의 사랑은 이와 다르다. 구체적인 행동으로 나타날 수 있는 기회를 얻기 어렵고, 본능이라고 하기에는 모성애에 비추어 그 정도가 태부족이다. 하지만 선심은 예외였다. 그녀에게는 어머니의 병을 치료하는 일이 생활의 전부이고 삶의 유일한 목표였던 것처럼 보인다. 그래서 모든 문제를 일시에 해결할 수 있는 보상이 주어진다. '산삼'이 바로 그것이다.

마을 사람들이 다투어 산삼을 캐러 산에 오른 것은 '산삼'이 선심에게만 주어진 보상이라는 점을 확인할 수 있도록 내용을 덧붙인 것이다. 예나 지금이나 산삼이 원한다고 얻을 수 있는 것은 아니기 때

---

14) 충북학연구소 편, ≪이야기 충북≫, 고두미, 2004, pp.48~49.

문이다. 행위에 대한 보상이
강조되면 그런 보상을 얻게
한 효심 또한 자연스럽게
부각된다. 마을 사람들은 선
심이 모녀에게 양식을 대어
주고, 산삼 얻기에 실패하
고, 선심골이라는 지명을 남
김으로써 선심의 효행을 공
공의 영역으로 끌어내어 이
를 부각시키는 데 적극적인
역할을 수행한다.

▲ 양수척 효자비

효자 효녀의 행실을 사회적으로 공인한 흔적은 다양한 형태로 남
아 있다. 선심골 지명은 선심이의 효행에 대한 공인이며, 효자비는
경연의 효행에 대한 공인이다. 그밖에도 성종 임금이 경연을 인견하
고 벼슬을 내린 일이나 숙종 임금이 경연 효자비를 세우라고 지시한
일도 공인의 흔적이다. 경연의 경우에는 특이한 공인 흔적도 발견되
는데, "양수척(揚水尺)효자비"(<사진>)가 그것이다.

청주시 운동동 길가에 서있는 '양수척 효자비'는 경연 효자비와의
거리가 10리 남짓 된다. 인연 또한 없지 않아서, 불효를 일삼던 양수
척 형제가 경연의 가르침에 감화되어 효자로 거듭 태어났다는 이야
기가 전한다. 이 효자비는 조선 철종 임금 때 세워진 최초의 천민 효
자비라고 알려져 있는데, 왜 하필 양수척이었을까?

양수척은 알려진 대로 조선시대 백정의 다른 이름이다. 세종 때

명칭이 바뀌었으나 그들만의 문화를 고수하고, 일반 농민들과 교류하지 않았다고 알려져 있다. 이들 천민 집단에 속한 누군가가 경연의 행동을 보고 변했다면 경연은 양수척 집단과 직접 혹은 간접적인 교류를 한 셈이다. 그래서, 양수척 효자비는 1차적으로는 집단에 소속된 누군가의 효행을 기리는 의미가 있지만, 2차적으로는 경연의 효행이 양수척 집단마저도 감화시킬 정도로 대단한 것이었다고 공인하는 의미가 있다.

양수척 효자비는 효도에는 신분의 귀천이 있을 수 없다는 교훈을 우리에게 전한다. 그러나 거리에 방치되어 있는 모습은 근대 이전의 신분에 따른 차별이 현대 사회에서도 여전히 위력을 발휘하는 것 아닌가 하는 생각을 지울 수 없게 한다. 볼품없이 방치된 비석을 길가에라도 보존하고 또 발굴하여 소개한 사람들의 노력이 없었다면 '천민 효자'의 이야기는 벌써 사라졌을 일이다. 중세 사회 조상들의 신분을 앞세우는 것은 정리에 따라 그러는 것이라 여겨 묵인한다고 해도, 옛날 신분을 기준으로 한 차별이 눈앞에서 지속되는 것은 시정할 필요가 있어 보인다.

효행을 인정하는 시선의 차이
: 영동 효자 박연과 호랑이

<심청전>에서 심청은 효행에 대한 최상의 보상을 받고 주변 사람 모두가 그녀의 효행을 칭송한다. 그렇게 되기까지 옥황상제나 용왕과 같은 초월계 존재들도 가세하고, 중국 임금은 그녀와 혼인함으로써 보상과 인정 절차에 깊숙하게 관여한다. 불편하지만 조선이 중국을 대국으로 섬겼던 과거사를 기억한다면 심청의 혼인은 그 실현 가능성을 따지는 일이 무색할 만큼 최고의 영광이라고 할 수 있다. 게다가 아버지 심학규가 눈을 뜨고, 거기에 더하여 심청이 두고두고 효자효녀의 전범이 된 일은 효행을 인정받은 다양한 흔적이라고 할 수 있다.

그러나, 심청이 혼자 사는 아버지를 남겨 두고 목숨을 버린 일이 진정한 효도라고 할 수 있는가 하는 의문은 끊임없이 제기된다. 이는 효도 관념의 변화와도 맞물려 있다. 근대 이후에 <심청전>을 계속 재창작하고자 했던 시도들은 그러한 의문의 연장선에 있는 것이다.

2003년 황석영이 발표한 소설 <심청>도 그 중 하나이다. 이 작품에서 심청은 계모 뺑덕어미의 흉계로 인당수에 가게 된다. 그리고 바다에 몸을 던지는 대신 중국인에게 팔려 가 숱하게 고생을 한다. 그래서, 심청에게서는 효녀의 자취를 찾아보기 어렵다. 구태여 개작된 소설이 아니어도, <심청전>에 대한 다음과 같은 해석도 있다.

> 심청은 자신의 죽음에 부여된 무의미성에 저항하지 못한다. 공동체는 심청의 고통에 대해 '이기적 무지'의 자세를 보인다. 그것은 의식적인 것이 아니라 공동체가 신봉하는 이념 체계 안에서 정당한 것이다. 심청 또한 그 이념 체계 안에서 죽음의 진실로부터 스스로를 소외시킨다. 그리하여 심청은 이 살인의 현실에서 자기 몸과 고통의 주인이 되지 못한다. 그녀의 운명은 아버지의 소원에 매달려 있고, 심청은 이를 객관적으로 보지 못한다.
> 그러므로 이 공동체가 '효'를 그 어떤 합리적인 판단보다 우위에 두는 한, 그런 소외는 구조화된다. 그리고 그 속에서 심청의 죽음은 숭고한 희생으로 의미가 부여되고 기억되어 희생 제의가 치러지는 것이다. 이것이 살인 이야기로서 <심청전>의 또 다른 모습이다. 우리가 <심청전>을 '거룩한 효녀'의 이야기로 부르는 순간, 우리도 그 제의의 사제가 될 것이다.15)

효녀로 추앙받던 심청의 행동이 기실은 공동체에 의해 저질러진 간접 살인이었다고 보는 해석은 봉건사회 이념의 한 축으로 작용한 '효'에 대한 문제 의식을 극대화시킬 때 나타날 수 있다. 부모에 대한 효도가 효행으로 인정되어 바깥으로 노출되는 순간 효자 혹은 효녀

---

15) 이정원, ≪전을 범하다≫, 웅진지식하우스, 2010, p.55.

들은 이처럼 다양한 시선을 만나게 된다. 효자 박연에 얽힌 이야기
는 그러한 시선의 차이를 보여주고 있다.

〈효자 박연과 호랑이〉

난계 박연은 어머니가 돌아가시자 영동군 심천면 마곡리에 묘
를 쓰고 시묘살이를 한다. 첫날밤부터 호랑이 한 마리가 나타나
묘 앞에 쭈그리고 앉아 소년 박연을 지켜 주는데, 어느 날 밤 호랑
이는 밤이 늦도록 묘 앞에 나타나지를 않았다. 호랑이를 염려하다
잠이 든 박연의 꿈에 호랑이가 나타나 애원했다.

"상주님 상주님, 제발 저를 살려 주옵소서 저는 당제(지금의 길
현리)에서 함정에 빠져 바로 죽게 되었습니다. 상주님"
박연은 벌떡 일어나 당제 쪽으로 달렸다. 거기에는 놀라운 사태
가 벌어져 있었다. 마을 사람들은 함정에 빠진 호랑이를 꺼내 놓
고 삥 둘러서서 지켜보고 있었다. 박연이 사람들을 헤치고 들어가
호랑이를 보았다. 틀림없이 어머니 묘소를 지켜주던 호랑이였다.
그러나 호랑이는 이미 숨이 진 뒤여서 박연이 어떻게 손 쓸 도리
가 없었다.

박연은 눈물을 흘리면서 마을 사람들에게 자기와의 관계를 설
명해주고 호랑이를 돌려 줄 것을 부탁했다. 마을 사람들은 박연의
효심과 짐승과의 인연을 귀하게 여겨 호랑이를 넘겨주었다. 박연
은 죽은 호랑이를 어머니 묘소 밑으로 가져와 정성을 다해 묻어
주었다. 박연은 해마다 이 호랑이 무덤에 제사를 지내주어 생시의
고마움을 추모하였는데 박씨 문중에서는 박연 어머니의 묘소에 제
사를 지낼 때마다 반드시 호랑이 무덤에도 제사를 지내 주었다고

전해 온다.16)

　시묘살이는 그 자체만으로도 지극한 효행으로 인정할 수 있다고 앞에서 이미 지적하였다. 따라서 시묘살이를 한 소년 박연이 효자라는 데에는 이의가 있을 수 없다. 그 곁에 나타난 호랑이는 박연의 효행에 대한 보상이자 인정의 표현이다. 산골에서 매일 밤을 보내야하는 소년에게는 호랑이가 든든한 원군이고, 인간과 의사가 통하지 않는 호랑이까지도 감동했음을 알 수 있다. 그런 호랑이가 왜 죽어야 했을까?

　소년의 시묘살이는 호랑이에게는 인정을 받았다고 해도 마을사람들로서는 마냥 긍정하기 어려운 사안이었을 것이다. 노숙과 다를 바 없는 생활이 성인에게도 버거운데 어린 나이에 건강을 해칠 수도 있기 때문이다. 박연과 아무 연고가 없는 사람들은 효자가 났노라고 인정하면 끝이지만 박연을 아는 마을 사람들에게는 시묘살이로 인해 고민이 시작된다. 그래서, 박연의 부모에 대한 효심과 어린 박연을 바라보는 마을사람들의 측은함이 충돌한다. 여기서, 효가 공공의 영역으로 노출되는 과정에서 생겨나는 이견을 다시 확인할 수 있다.

　호랑이는 박연에게는 든든한 원군이지만 마을 사람들에게는 재앙이다. 함정을 파둔 것은 마을을 수호하기 위한 것이고, 마을수호신을 모신 서낭당에서 하필 호랑이가 희생된 것은 마을 공론의 승리를 의미한다.17) 다만, 박연에게는 호랑이가 효를 인정한 흔적이기 때문에 호랑이 무덤이 남아 효행이 있었음을 알려 준다.

---

16) 영동군(www.yd21.go.kr) > 알기쉬운 영동 > 영동의 마을 > 영동의 전설.
17) 호랑이가 도움을 청했던 당제는 당이 있던 고개 즉 '당재'의 오기로 추정된다.

<효자 박연> 설화와 흡사한 이야기가 경남 고성군 대가면에도 전한다.

　　200년전 효자 이평은 어머니가 세상을 떠나자 시묘살이를 하였다. 이평은 단순한 시묘살이 뿐만 아니라 밤이 되면 인근의 산골짜기에서 1개씩의 돌을 져다 모아 묘성을 쌓기 시작했다. 이러한 이효자의 효행담이 인근 마을에 전해지자 이 마을에서 십여 리 떨어진 고성읍 무량리 큰 서당 글꾼들이 이효자의 소문을 듣고 하루 저녁에는 효자의 행실을 확인하고자 묘막에 와보니 막은 텅 비어 있고 효자는 간 곳이 없는지라 "소문만 널리 난 엉터리 효자다."면서 막에 불을 지르고 가버렸다.

　　그때 이효자는 마을 가까이 있는 선친의 묘를 둘러보던 중이라 묘막에 불이 난 것을 뒤늦게 알고 급히 뛰어가 보니 이미 다 타버린 뒤였다. 이효자는 이를 자신의 정성이 부족함이라 여기고 그때부터 막도 없이 모친의 봉분 옆 맨땅에서 비가 오나 눈이 오나 시묘살이를 계속하였다.

　　이러한 이효자의 정성을 하늘이 감동했음인지 어느 날 밤부터 돌을 져다 나르는 효자 뒤에 한 마리의 호랑이가 늘 같이 따라 다녔고 끝내는 호랑이와 친하여져 효자와 같이 시묘도 하고 묘성도 같이 쌓게 되었다.

　　그러던 어느 날 겨울눈이 펑펑 쏟아지는 추운 날 밤 막에 불을 지르고 갔던 서당 글꾼들이 다시 찾아와 보니 봉분 옆 한평 남짓한 시묘터에는 눈이 전혀 내리지 않았으며 그 주위에는 사람 발자국과 나란히 호랑이 발자국이 있어 과연 소문대로 호랑이와 같이 시묘살이하는 하늘이 내린 효자라고 감탄하며 태워버린 묘막을 다시 새로 지어주었다. 그러나 이효자는 끝내 그 묘막에 거처하지 않고 삼년간을 맨땅에서 시묘를 했다.

시묘를 끝내고 호랑이를 돌려보낸 어느 날, 비몽사몽간 효자의 꿈에 통영 원문재의 함정에 빠져있는 호랑이가 보이면서 구원을 요청하던 중 깨어보니 꿈이었다. 즉시 원문재로 달려가 보니 이미 날은 밝기 시작하는데 호랑이가 으르렁거리는 소리가 나고 몽둥이 와 창을 가진 수십 명의 사람들이 둘러싼 함정 속에는 같이 있던 호랑이가 빠져 있었다.

효자는 사람들에게 말하기를

"이 호랑이는 나와 같이 사는 내 호랑이요 이 호랑이는 예사 호 랑이가 아니니 해쳐서는 아니 됩니다. 여러분의 요구가 무엇이든 다 들을 테니 호랑이를 살려 내게 돌려주시오"

하며 사정하였다. 그러나 사람들은

"아니, 어디 이런 정신나간 사람이 있어?"

하면서 그 말을 들으려 하지 않자,

"그렇다면 내 호랑이임을 증명해 보이겠소"

하며 함정으로 뛰어 내려가

"아이구 네가 어찌하여 이런 곳에 빠졌느냐"

하며 머리를 쓰다듬으니 정들은 개가 주인을 반기듯 효자를 따르 니 이를 지켜 본 주민들은 크게 감복하여 그 연유를 묻고 호랑이 를 구해 주었다. 그 후에도 이효자의 시묘정신은 더욱 극진해지고 효행담은 널리 알려졌으며 삼 년 간의 시묘살이 중 호랑이와 같이 쌓아 올린 묘성은 지금도 봉화산 기슭에 그대로 남아 있으며 그때 의 시묘터에는 1평 가량 잔디가 나지 않고 있다. 이효자가 세상을 떠나자 유림 백 사람이 뜻을 모아 효행비를 건립하여 지금까지 전 하여져 오고 있다.

박연의 경우와 달리, 위의 설화에서는 마을사람들이 직접 이평의 시묘살이를 눈으로 확인하고 효자 여부를 판별하려 든다. 때마침 자리를 비운 이평은 거짓말을 한 것으로 소문이 나지만 시묘하던 자리에만 눈이 내리지 않고 호랑이 발자국을 목격하자 사람들은 그의 효행을 인정한다. 여기서도 호랑이는 마을사람들이 파놓은 함정에 빠져 고초를 겪지만 박연을 수호하던 호랑이와 달리 이평에 의해 구출된다. 소년의 시묘살이와 다르기 때문에 여기서는 마을 사람들이 호랑이를 죽음으로까지 몰지 않았던 것으로 보인다.

이 외에도 효자 이야기에는 호랑이가 자주 등장한다. 가장 널리 알려진 이야기는 <효자 호랑이>이다.

한 나무꾼이 길을 가다 호랑이를 만난다. 배가 고팠던 호랑이는 나무꾼을 잡아먹으려 하고, 나무꾼은 위기를 벗어나기 위해 거짓말을 꾸며낸다. 원래 호랑이는 자신의 형이었는데 어렸을 적 호랑이로 변해 집을 나간 것이라고. 이를 사실이라 믿은 호랑이는 그 후로 매일 나무꾼의 집에 사냥한 동물을 물어다 놓는다. 몸은 비록 호랑이가 되었지만 어머니에게 효도하고픈 마음을 그렇게 표현한 것이다. 훗날 어머니가 돌아가시자 호랑이 또한 슬퍼하다가 죽는다.

겉으로 이 이야기는 호랑이도 부모를 생각하는 마음, 즉 효심을 지녔음을 전한다. 하물며 사람으로 태어나 부모에 대해 효도하는 것은 당연한 일이므로 '효'를 실천하라는 강력한 요구를 하고 있는 셈이다.

그러나 호랑이 입장에서 보면 이 이야기는 한 편의 비극에 불과하다. 거짓말에 속아 부모도 아닌 사람에게 힘이 닿는 대로 효도를 하고, 급기야는 상심해서 죽음에 이르게 되었으니 말이다. 그런데도 왜 호랑이를 내세웠을까?

호랑이는 힘과 권력의 상징이다. 그러면서 의사소통이 불가능한 동물이다. 효도 이야기에서는 호랑이를 통해 부모에게 효도해야 한다는 당위와 실행에 옮기기 쉽지 않은 실천 사이의 거리를 우회적으로 표현한다. 즉, 효도와 관련해서 제기되는 의문들을 호랑이를 등장시켜 단순화하고 있는 것이다.

효와 불효 사이 : 청주 까치내 전설

효는 당연한 일이지만 부모를 위해 희생을 자처한다는 것은 쉽게 결심하기 어려운 난관이다. 설사 그 단계를 넘어섰다고 해도 모든 사람들의 인정을 받는 일도 만만하지 않다. 그런데 인정하고 보상을 내리기 이전에 효자의 행동이 효도의 범주에 속하는 것인가 의문을 제기하는 이야기도 적지 않게 전한다. 다음 호랑이 이야기는 그런 예이다.

> 어느 곳에 효자가 살고 있었다.
> 어머니가 중환을 앓았는데 백약이 무효였다.
> 누군가가 황구의 신(腎)이 약이라고 일러주었다.
> 구할 방법이 없어 산에 기도 갔더니 산신이 둔갑책을 주었다.
> 매일 호랑이로 변신하여 개를 잡아 어머니께 드렸다.
> 마지막 날 밤, 남편이 둔갑하는 것을 싫어한 아내가 책을 태웠다.
> 효자는 주문을 몰라 인간으로 되돌아갈 수가 없었다.
> 호랑이는 아내를 물어 죽였다.

나중에 민간에 폐가 많아서 포수에게 죽었다.[18]

병을 앓고 있는 어머니를 위해 효자가 할 수 있는 일은 많지 않다. 전하는 이야기로는 개화 이전에 한약 한 제, 그러니까 약 20첩 값이 집 한 채 값과 맞먹었다고 한다. 비싼 약을 구할 수 없는 형편에 황구의 신, 곧 이웃에서 기르는 개의 성기라도 묘방일 수 있다. 그러나 이 역시 집집마다 기르는 개를 죽여야 가능한 일이다. 효가 아무리 중요하다고 하지만 이웃에서 개를 무상으로 줄 리는 만무하다. 그래서 선택한 방법이 호랑이로 변신하는 것이었다. 여기서도 호랑이는 사람들의 의향을 묻지 않는다. 아니 물을 수가 없다.

의사소통이 이루어지지 않는 상황에서 효자를 궁지로 몬 사람은 다름 아닌 그의 아내였다. 결국 효자는 아내를 죽이고, 자신은 포수에게 죽임을 당한다. 며느리와 자식이 없는 처지에 중병을 앓고 있던 효자의 어머니가 어찌 되었을 지를 예상하기란 어렵지 않다.

처음 일의 시작은 효심에서 비롯되었지만 결국은 효자 본인은 물론 가족 모두가 사지에 몰리고 마는 이 이야기는 효의 실천이 반드시 선행으로만 나타나지 않는다는 사실을 우리에 알려준다. <까치내 전설>에도 호랑이가 등장하는데, 여기서는 효심부터 문제 삼고 있다.

〈까치내 전설〉

조선 헌종 때 경상도 상주 고을에 호를 하연제라고 하는 선비가

---

18) 강진옥, <효자호랑이 설화에 나타난 효관념>, ≪민속연구≫ 1, 안동대 민속학연구소, 1991, p.87.

서당을 차리고 청소년들을 가르쳤다. 그는 의술(醫術), 지리(地理), 점술(占術) 등에도 널리 통하였다. 이런 사실을 아는 사람들이 그의 문하에 와서 유학과 도술을 배우기를 청하였다.

어느 날, 그는 문하생 가운데 백구영(白丘永)이란 청년을 은밀히 후원의 처소로 불렀다. 그는 청년에게 "너의 정체가 무엇이냐?"고 물었다. 대답을 하지 않는 그에게 정체를 밝히라고 다그치자, 청년이 말없이 뒤뜰로 나가서 제주를 세 번 넘으니, 큰 호랑이로 변하였다.

"나는 너의 본체가 호랑이인 것을 진작부터 알고 있었다. 무엇 때문에 사람의 모습으로 내게 와서 글을 배우고 있느냐?"

다시 사람의 모습으로 변한 청년이 조용히 말했다.

"지금은 말할 수 없습니다. 때가 되면, 스승님께는 자세히 말씀드리겠습니다."

그는 더 이상 묻지 않았다.

3년 후, 그의 문하생 중에서 공부를 제일 잘하는 이원조(李源祚)가 한양으로 과거를 보러 가겠다고 하였다. 이원조가 길을 떠난 후 사흘 동안 모습을 보이지 않던 백구영이 그날 밤 후원 처소로 찾아와서 말했다.

"7년 전에 저의 아버지가 먹을 것을 구하러 나갔다가 이원조가 만들어 놓은 덫에 걸려 비참하게 죽었습니다. 저는 제 아비의 원수를 갚기 위해 때를 보아왔습니다. 이원조는 청주를 지나 합수머리에서 죽게 될 것입니다. 저는 사흘 동안 이원조를 죽이고 압록강(鴨綠江)을 건널 준비를 하고 왔습니다."

그가 백구영에게 마음을 고쳐먹으라고 하였으나, 못들은 체하고 달려 나갔다.

이원조는 청주를 지나 합수머리에 이르자, 갑자기 현기증이 나고, 온몸이 아팠다. 그가 합수머리의 외딴 주막에 누워 있으니, 주모는 의원을 불러 진맥한 뒤에 약을 달여 먹이며 정성껏 간호하였으나, 효험이 없었다. 백방으로 약을 구하던 주모는 성안에서 한 도사를 만났는데, 하얀 까치[백작(白鵲)]를 잡아 먹이면 병이 나을 것이라 하였다.

주모는 도사의 말대로 하얀 까치를 잡으려고 합수머리 모래사장에 녹두를 뿌려놓고, 덫을 놓았다. 달밤에 하얀 까치가 내려와 녹두를 먹다가 덫에 걸렸는데, 난데없이 호랑이 한 마리가 달려와서 까치를 잡아먹고, 덫을 부셔 버렸다.

그날 밤, 이원조는 이상한 꿈을 꾸었다. 그는 꿈에서 선녀 둘이 '상주 서생 이원조가 여기서 죽게 된 것이 정말 아깝고 슬픈 일'이라고 하는 말을 들었다. 이원조는 선녀 앞에 무릎을 꿇고서 살려달라고 하였다. 한 동안 침묵을 지키고 있던 선녀들이 하늘에 대고 손짓을 하자, 겨드랑이에 날개 달린 사나이가 활을 들고 내려왔다. 선녀는 사나이에게 "상주 서생 이원조를 합수머리 주막에서 살려내도록 하라."고 하였다.

이원조가 꿈을 깨려고 하는 순간 밖에서 요란한 총소리가 울리면서 짐승의 외마디소리가 들렸다. 잠시 후, "이 주막에 상주 서생 이원조라는 분이 있소?" 하는 사나이의 목소리가 들렸다. 이원조가 황급히 자리에서 일어나 방문을 열고 보니, 한 포수가 화약 냄새 풍기는 총을 들고 서 있는데, 그 발밑에는 커다란 호랑이 한 마리가 죽어 있었다.

그 포수는 꿈속에서 활을 들고 왔던 사나이와 꼭 같았다. 포수는 아래 샘터마을에 살고 있다면서, 꿈에 선녀 둘이 내려와 '합수머리 주막에 가서 상주 서생 이원조를 살리도록 하라.'고 하여 이곳에 와 보니, 주막 문 앞에 이 호랑이가 앉아 있기에 총을 쏘아 죽였다고 하였다. 이원조는 크게 놀라고 반가워서 목숨을 구해준 선녀들과 포수, 주모에게 감사의 뜻을 표하고, 그곳을 떠났다.

그 길로 한양에 간 이원조는 과거에 장원급제하였다. 그 후 이곳을 '까치내[鵲川]'라고 한다.[19]

이 이야기는 미호천과 무심천이 만나는 합수 유역을 까치내로 부르게 된 경위를 소개하고 있다. 부모의 원수를 갚으려는 호랑이가 등장하는데, 이원조에게 직접 위해를 가하지는 않는다. 하지만, 호랑이는 하늘로부터 응징을 받게 된다. 호랑이가 직접 나서지는 않지만 아비의 복수를 위해 사람을 사지로 몰아넣는 행위가 인정을 받지 못하는 것이다.

여기서도 호랑이는 문제를 단순하게 만드는 역할을 한다. 우리는 응징을 받은 대상이 호랑이이고, 응징을 명령한 인물은 천상선녀이기 때문에 큰 의심 없이 이 이야기를 받아들일 수 있다. 그러나, 응징 대상이 동물이 아니라 사람이라면 어떨까? 어떤 사람이 부모의 복수를 위해 나선다면, 그것이 효심의 발로인지 아닌지 단정하기는 매우 어렵다.

효도란 이처럼 간단치 않은 문제를 내포하고 있다. <부모가 잘해야 효자가 나는 법>이라는 청주 모충동 설화[20]나 어머니를 위해 어렵사리 약초를 구했지만 이미 어머니가 돌아가신 뒤여서 바위가 되고 만 효자 덕온이의 더니바위 전설[21] 등도 효자 효녀 혹은 효심,

---

19) ≪전설지(傳說誌)≫, 충청북도, 1982.
20) ≪한국구비문학대계≫ 3, 충청북도 청주시청원군 편. 한국정신문화연구원, 1981.
21) ≪진천군지≫, 진천군지 편찬위원회, 1994.

효행에 대한 문제제기의 성격이 짙은 전설이다.

효도의 확인은 사적 인간관계를 공공의 영역으로 노출함으로써 가능한 일이다. 이 과정에서 다수의 사람들은 효자효녀의 효행을 인정하는 데 그치지 않고 희생을 강요하는 수단으로 효심을 활용하기도 한다. 그런 점에서 효도에는 다수의 압박과 선의의 폭력이 내재해 있을 수 있다. 이것을 디디고 서서 실천하는 일 그것이 옛 사람들이 추구했던 효심에 가까이 다가서는 일일 것이다.

그래도 여전히 문제는 남는다. 효행을 기리기 위하여 기념관이 만들어진 <정재수군 이야기>를 들었을 때 한편으로는 어린아이의 효심에 감동하지만 다른 한편으로는 애달픔이 교차하는 경험은 어떤가. 전통 사회에서 효는 너무나도 선명하게 부각되곤 했다. 그러나 현대인들이 효를 마주하는 자세는 마음에만 담아두고 있는 사랑을 완전히 부정할 수도 그렇다고 긍정할 수도 없을 때와 유사해 보인다.

제 2 장

산
성
이야
기

충북의 산성

 우리나라는 국토의 70%가 산이다. 서쪽으로 평야 지역과 접하고, 동쪽으로는 산악 지역과 접한 충북 또한 산이 많다. 그 가운데 보은의 속리산과 구병산, 영동의 천태산과 민주지산, 제천의 월악산, 단양의 소백산, 괴산의 대야산과 희양산 등은 한국의 100대 명산에 꼽힐 정도로 빼어난 산세와 이름을 자랑한다.

 산이 많아서, 사람들의 삶에 산은 많은 흔적을 남기고, 산에는 여기저기 사람들의 자취가 보인다. 산사(山寺)에서부터 개간지, 오솔길, 벌목의 흔적, 등산객이 남긴 자그마한 돌탑 혹은 돌무더기에 이르기까지 그 자취의 형태는 실로 다양하다. 그 중에서도 시간이 오래되고 규모가 큰 것, 그래서 주목을 받는 대상이 산성이다.

 산성은 평지에 있는 성곽처럼 외부의 침입에 대비하기 위해 만든 것이다. 그러나 사람들이 일상생활을 이어가는 곳에 쌓은 성은 언제나 삶의 현장이고, 안과 밖을 구분하는 경계선의 의미도 지닌다. 산성은 이와 다르다. 영토 전쟁을 벌인다거나 외부로부터의 침입이라는 좀 더 특수한 상황이 닥쳐오지 않는 한 산성이라는 거대한 건조물은 무용지물이나 다름없다.

1964년 발표된 논문에 의하면, 북한 지역을 포함하여 270여 곳이 넘는 산성이 전국에 남아 있다. 이 가운데 충청 지역은 75곳, 27%로 가장 많은 산성이 있는 것으로 알려졌다.[1] 조사 시점에 따라 숫자에는 약간 차이가 있을 수 있으나, 산악이 험준한 북한 지역의 황해도(15곳), 함경도(24곳), 평안도(20곳)는 물론 강원도(33곳), 경상도(51곳)보다 충청 지역에 더 많은 산성이 남아 있다는 점은 이 지역이 오랫동안 전략적 요충지로 여겨져 왔음을 의미한다.

충북에는 산성의 숫자도 많지만 널리 알려진 이름난 산성 또한 적지 않다. 그 중 대표적인 것을 골라 정리하면 <표>와 같다.

시·군	산성
괴산	미륵산성
단양	온달산성, 적성산성
보은	삼년산성, 호점산성
옥천	관산성
영동	백마산성
음성	수정산성, 망이산성
제천	덕주산성, 망월산성
증평	이성산성
진천	대모산성, 양천산성
청원	남성골산성, 양성산성, 노고성
청주	상당산성, 부모산성
충주	장미산성, 대림산성, 충주산성

▲ 충북의 대표적인 산성(출처: www.cbtour.net)

---

1) 이성학, <한국성곽 소고>, ≪합동논문집≫, 경북대, 1964. p.235

그러나 이는 극히 일부에 지나지 않는다. 일례로, 조일권 선생이 <옥천신문>(www.okinews.com)에 연재한 산성 탐방 기사를 헤아려 보면 총 37건이 게시되어 있다. 옥천에만 한정해도 산성 혹은 산성지로 지목할 수 있는 곳이 그만큼 많다는 의미이다. 좀 더 구체적인 내용을 알 수 있도록 기사 일부를 인용하기로 한다.

> 옥천군 관내에는 기존에 알려진 산성이 이전에 발간된 옥천군지에 실려 있는 관산성 등 15개성과 기타 자료에 실려있는 국원리 산성 등 2개 성을 합하여 17곳의 산성과 3곳의 보(堡)가 알려져 있었으나 향토사를 연구하는 지역의 회원들이 2000년 9월부터 2002년 12월까지 3단계에 걸쳐 현지 조사를 하던 중 2002년 8월말 현재 기존에 알려진 산성 외에 추가로 산성지 20곳과 1곳의 보 및 망루지 5곳을 발견함에 따라 옥천군 관내에는 총 37개의 산성과 4곳의 보 및 5개의 망루(望樓)가 분포되어 있음이 밝혀졌다.[2]

옥천의 사례에서도 알 수 있듯이, 산성 혹은 산성이 있던 자리 가운데 몇몇은 사람들이 계속 관심을 갖고 관리도 비교적 잘 되는 편이다. 하지만 대부분의 산성들은 이름만 남았거나 몇 곳의 석축들을 흔적처럼 남기고 있을 뿐이다.

물론 단 한 차례의 전쟁이라도 일어날 가능성을 염두에 두고 만들어지는 것이 산성이다. 그때가 되면 산성은 피난처의 구실도 한다. 전쟁, 방어, 피난이라는 세 단어가 어울려 남아 있는 산성은 보는 사람들에게 묘한 여운을 던져주기도 한다. 한때는 누구도 부정할 수

2) 조일권, <우리고장 산성탐방기 옥천군 산성의 현황>, 《옥천신문》, 2004.7.19.

없는 긴급하고 중요한 의미를 지녔었지만 시간이 흘러 사람들의 관심이 떠나고 환경이 달라지면서 대부분의 산성은 그 존재 이유를 상실했다. 그리고 방치되고 있다.

사람들은 방치되어 있는 산성이 주는 여운을 뜻밖의 전설로 풀어내기도 한다. 그리고 사람들에게 산성의 의미를 되새길 것을 지속적으로 요구한다. 그 중에는 역사적 사실에 비중을 두는 경우가 있는데, 우선 그런 이야기를 통해 산성의 의미를 탐색해 보기로 하자.

미래를 대비했던 산성
: 영동 백마산성과 진천 양천산성

　미래를 준비하고 혹시 있을지 모르는 우환에 대비하여 계책을 세우는 일은 반드시 필요한 일이다. 사실 인간들은 누구나 대부분의 시간을 미래를 위하여 보내고 있는지도 모른다. 그러면서도 현재를 보고 살아가는 사람들은 구체적으로 미래를 준비하는 일에 늘 소홀하다. 우선 준비할 수 있는 여건도 갖추어져야 하지만 미래를 위한 투자에는 어지간한 정도 이상의 결심이 필요하기 때문이다. 매사에 철두철미하기로 소문난 이웃나라 일본에서 발생한 후쿠시마 원자력 발전소 폭발 사고는 미래를 대비하는 일이 얼마나 어려운가를 잘 알려준다.

　발전소 폭발 사고의 1차적 원인은 알려진 대로 바다 속에서 발생한 지진과 그로 인한 대형 쓰나미였다. 그러나 몇 년 전부터 여러 차례 위험성이 지적되어 왔고 해결 방안도 제출되었었다는 소식에 대비 소홀이 보다 직접적인 원인이었다는 생각이 많아지고 있는 것 같다. 잦은 재해를 경험하면서 어느 나라보다 철저한 준비를 하고 있다고 알려진 일본에서 개인이 아닌 국가 차원의 무감각 혹은 무신경 때문에 돌이킬 수 없는 참사가 빚어졌음을 생각하면 안타까움은 더욱더 커진다. 지금도 세계 곳곳에선 내전이나 국가 간의 전쟁이 벌어지고 있지만 후쿠시마 참사는 전쟁 이상의 비극을 가져왔고, 앞으로도 가져올 것으로 보인다.

그럼에도 불구하고 우리가 국제 뉴스에서 전쟁 소식을 더 자주 접하게 되는 것은 전쟁이 어른들의 이익과 연관되고 매체를 소유한 이들이 바로 그 어른들이기 때문이다. 후쿠시마 참사는 아이들에게는 전쟁보다 훨씬 치명적인 위험을 안겨줄 것이다. 그러나 어린아이들은 그들만의 매체를 갖고 있지 못하다. 메시지를 전달할 매체를 누가 소유했는가 하는 문제는 전설을 이해하는 데에도 중요한 사안이다. 우리가 살펴보고 있는 전설은 대부분 주류 매체에서 소외된 이들의 이야기이다.

사실, 1990년대 중반까지만 하더라도 일본은 방재에 관한 한 모범 국가로 지목하기에 부족함이 없었다. 태풍이 일본 열도를 한 차례 휩쓸고 지나가도 부상자가 몇 명 생겼다는 보도가 전부인 적이 많았다. 그러던 일본이 도쿄 지하철에서 발생한 독가스 테러 사건 이후로는 달라진 것으로 보인다. 아니 그 무렵부터는 이전과는 다른 소식들이 더 많이 전해졌다. 그런 변화에 테러 사건이 직접적 계기가 되었는지 아니면 테러 사건 또한 사회 변화의 와중에 나타난 현상의 하나였는지 단언하기는 어렵지만 어쨌든 이후로 우리에게 알려지는 일본은 여러모로 모범이 되기엔 부족해 보였다. 후쿠시마 원전 폭발 사고 또한 그러한 흐름의 연장선에서 놓여있는 참사로 보인다.

　일본에서 국가적인 차원의 방재 의식이 부족하여 참사가 발생했다는 사실은 개인 차원에서의 미래에 대한 준비가 얼마나 어려운 것인지를 알려준다. 물론 사람은 누구나 미래를 대비하려 애쓴다. 공항에서 기꺼이 소지품 검사와 신체검사에 응하는 것도 미래의 불확실성을 줄여보자는 생각에서 출발한 행동이고, 수많은 보험 상품에 가입하는 것도 불확실한 앞날 때문이다. 심지어는 미래의 위험을 줄이기 위해 작은 위험을 불러들이기도 한다. 투자가 그렇다. 그러나 작은 위험이라고 생각해 시작한 일이 결과적으로 돌이킬 수 없는 커다란 위험이 되어버리기도 한다. 몇몇이 감수한 작은 위험은 누군가에게는 달콤한 과실이 되어 커다란 이익을 제공하기도 한다. 우리는 그런 위험한 시대에 살고 있다.

　불확실성이 점증하면서 사람들의 불안은 커지고 다양한 경로로 미래를 대비하기 위하여 노력한다. 그러나 대부분의 사람들은 충실하게 준비를 하려고 해도 여력이 부족하거나 처음부터 그런 대비가 필요 없는 사람들이다. 불안을 줄이려는 노력은 그래서 의도한 방향으로만 작용하지는 않으며 때로는 불확실성을 더 키우기도 한다. 원자력의 발견과 이용이 인간이 얼마나 머리가 좋은가를 입증한 사례이면서 동시에 인간이 얼마나 어리석은가를 확인할 수 있는 사례이기도 하다는 지적은 불확실성을 줄이려는 인간의 한계를 잘 언급하고 있다고 하겠다.

　태풍, 홍수, 가뭄 등 자연 재해가 커다란 비중을 차지했던 시절에 산성의 축조는 인위적인 재난, 즉 전쟁을 막아보려는 현실적인 해결

방안으로 거의 유일한 것이다. 그렇게 해서 쌓여진 산성 가운데는 미래의 위험을 훌륭하게 막아냈다는 전설을 안고 있는 경우가 적지 않다. 영동 백마산성과 진천 양천산성이 그에 해당한다. 소재한 곳은 다르지만 두 산성의 전설은 여러모로 닮아 있다. 먼저 <백마산성 전설>은 다음과 같다.

〈영동 백마산성 전설〉

임진왜란 때 왜군이 부산포를 함락하고 북상해 오고 있다는 소문이 들려오자 어디선가 장사 한 사람이 나타나 산으로 뛰어 올라갔다. 마을 사람이 아직 잠자리에서 일어나지 않은 새벽의 일이었다. 장사는 주먹으로 바위산을 깨어 성 쌓기에 알맞도록 네모 반듯반듯하게 다듬어 놓았다. 수천 개의 돌이 마련되자 장사는 그 돌을 가지고 성을 쌓기 시작했다. 높이 6척 정도의 돌성은 장사 한 사람의 손으로 쌓여 나갔다.

마을 사람들은 식전부터 산에서 바위 깨는 소리에 잠에서 일어나 산 쪽을 바라보았다. 장사는 날렵한 솜씨로 돌을 날라다 돌성을 쌓기에 여념이 없었다. 마을 사람들은 아침 먹을 생각도 까맣게 잊어버리고 장사가 성을 쌓는 모양을 멀리서 지켜보았다. 삽시간에 500척, 1000척의 성이 완성되었고 오래지 않아 높이 6척, 둘레 6000척의 성이 완성되었다. 하루아침에 성을 쌓은 장사는 마을로 내려와 주민들에게
"여러분이 피난할 자리가 마련되었소. 지금 곧 가족들을 데리고 저 백마산성 안으로 올라가십시오."
하고 전하였다. 마을 사람들은 연일 불리한 전란 이야기를 들어오

던 참이라 미리 꾸려 놓은 피난 보따리를 짊어지고 산성 안으로 향했다. 성 안에는 어느 사이에 장사가 파 놓은 샘이 있었고 성은 견고하여 외침을 받을 염려가 조금도 없었다. 과연 마을 사람들이 성안으로 완전히 피난을 하고 나자 왜군은 추풍령 고개를 넘어 황간과 영동으로 밀려 들어왔다.

왜군의 일부가 백마산성을 에워싸고 공격을 시도해 왔으나 산성 안의 지도자인 젊은 장사는 성안에서 크고 작은 돌을 성 아래로 굴려 접근을 하지 못하도록 하였다. 왜군은 대낮의 공격을 포기하고 어두운 야밤에 새로운 공격을 시도해 왔다. 그러자 이 고을 지리에 익숙한 장사는 동에 번쩍 서에 번쩍 종잡을 수 없는 공격을 퍼부어 왜군을 멀리 쫓아버리고 말았다. 임진왜란이 끝날 때까지 그 고을 주민들은 이렇게 고마운 장사의 덕으로 아무 탈 없이 난을 피할 수 있었다고 한다.

지금도 백마산성 꼭대기에는 380여 년 전에 난민들이 솥을 걸고 밥을 지어먹던 자리가 그대로 남아 불에 그을린 돌을 볼 수가 있으며 그 당시 난민들이 사용하던 샘과 성터가 그대로 남아 있다고 전한다.[3]

조선 시대 가장 큰 재난으로 기억되는 사건은 왜란과 호란이다. 이 가운데 병자호란과 정묘호란은 왜란에 비해서는 짧은 전쟁이었다. 하지만 오랑캐라고 여기며 얕잡아 보았던 청나라에 국왕이 항복을 했다는 사실은 지배층에게는 커다란 충격이었고, 왜란보다 더 큰

---

3) 영동군(www.yd21.go.kr) > 알기쉬운 영동 > 영동의 마을 > 영동의 전설.

상처로 남았다. 이때 풀지 못한 적개심과 수치심은 조선 후기 정국을 적잖이 요동시켰으며, 문학에서는 임진왜란을 소재로 한 작품보다 더 많은 상상력을 동원해야 했다. 패배가 분명했던 전쟁을 패배하지 않았다고 강변해야 했기 때문이다. 신비한 능력의 소유자인 여성이 청나라 장수들을 가차 없이 응징한다는 내용의 고전소설 <박씨전>은 그러한 상상력이 낳은 대표적인 작품이다.

임진왜란 역시 승리한 전쟁이라고 단언하기는 어려우나 패배한 전쟁은 분명 아니었다. 침입한 왜군들을 종국에는 모두 몰아냈기 때문이다. 개개의 전투만을 놓고 보면 호란과 달리 승리한 경우도 적지 않았다. 이순신 장군의 해전에서의 승리는 대표적인 사례이다.

나라를 지배하던 양반들의 시각으로 보면 왕의 굴욕적 항복 이상 가는 충격적인 사건이 없을 것이다. 그러나 백성들의 삶에 미친 충격은 왜란이 더 컸고 전쟁으로 인해 파급된 문제도 오래 지속되었을 것으로 보인다. 전쟁의 기간도 길었던 데다가 조선 땅 전체가 전쟁에 휘말려 있었기 때문이다. <백마산성 전설>은 그런 충격을 디디고 전해지는 전설 가운데 하나이다.

백마산성에서 주민들이 오랜 시간 항전하고 마침내 왜군을 물리쳤다는 설화 내용은 사실이었을 가능성이 크다. 그러나, 산성에서 적군의 공격을 막아냈다고 하더라도 이는 절반의 승리에 지나지 않는다. 산성 공격에 실패했다고 해서 왜군이 전쟁을 포기한 것이 아니기 때문이다. 절반의 승리에 만족해야 하는 백마산성 주변 사람들의 아쉬움은 정체가 모호한 상상 속의 장사를 만들어냈다고 할 수 있다.

장사가 상상 속의 인물이라고 해서 이 이야기를 허황된 것이라 보아서는 안 된다. 여기서 장사는 성을 의인화한 것으로 볼 수 있기 때문이다. 그래서 장사가 홀로 성을 쌓는 과정을 마을 사람들이 먼발치로 지켜보기만 했다는 내용은 평소 성에 대해 무관심했던 마을 사람들의 태도를 우회적으로 표현한 것이다. 그러나 백마산성은 전쟁을 치르면서 미래를 대비한다는 본래의 존재 가치를 사람들에게 톡톡하게 확인시켜 주었다. 무관심하거나 홀대했던 상대에게 예상 밖의 도움을 받았을 때 사람들은 먼저 무안해 하고, 그 다음에는 상대방을 거인으로 인식한다. 다소 비현실적인 듯 보이는 장사의 출현과 활약상은 그런 사람들의 심리를 반영하여 한 편의 전설로 다듬어진 것이다.

진천의 <양천산성 전설>은 다른 이야기이지만 큰 맥락에서는 <백마산성 전설>과 같은 유형에 속한다. 여기서는 젊은 장사 대신에 효자에게 들린 '도움의 목소리'가 삽입된다.

〈진천 양천산성 전설〉

옛날 임진왜란 당시 왜군이 안양성을 향하여 물밀 듯이 밀려오고 있다는 소식에 사람들은 모두 피난짐을 꾸린다. 이 마을의 한 젊은이는 늙으신 부모님이 어찌 피난길에 오르게 할 수 있으며, 부모님을 그냥 남겨두고 떠날 수가 없기 때문에 죽는 한이 있더라도 늙으신 부모님 곁을 떠나지 않기로 한다. 그래서 마을 사람들이 피난 준비를 하는 동안에도 들에 나가 일을 하였다.

그날도 종일 일을 하고 날이 어두워져서 집으로 돌아와 피곤한 몸으로 잠을 자는데 꿈속에서 백발 노인이 나타나서

"선비는 듣거라, 내 그대의 효성에 감동하여 한 가지 방법을 가르쳐 줄 것이니 실행하여 화를 면하도록 하여라. 내일 날이 밝는 대로 마을 사람들과 함께 앞산으로 올라가면 맑은 샘물이 있는 곳을 발견할 것이니, 그 둘레에다 성을 쌓아 몸을 피하면 이 마을은 화를 면하게 될 것이니라."

하고 사라졌다.

선비는 날이 밝는 대로 마을 사람들을 모아 어젯밤 꿈 이야기를 하고 모두 함께 앞산으로 올라가 노인이 지시한 대로 맑은 샘물 둘레에다 성을 쌓기 시작하였다. 성이 완성되었을 때 이 마을에도 왜구가 들이닥쳤다.

마을에 도착한 왜군은 마을이 텅 비어있는 모습을 보고 필경 저 산성에 있을 것이니 저 성을 공격하여 마을 사람들을 잡아들이자며 성을 향해 올라갔다. 왜군들이 성 앞에 도착하자 별안간 샘물이 폭포수처럼 솟아올라 커다란 홍수가 사정없이 왜군들을 쓸어가는 것이었다. 이렇게 하여 왜군들은 전멸 당하였고 이 마을 사람들은 화를 면해 목숨을 구하였다. 그 후로 사람들은 목숨을 구해 준 산이라 하여 이 산을 양천산(養千山)이라 부르기도 한다.[4]

1592년 4월 13일 왜국 군사들은 조선을 침략한다. 보름 만인 4월 28일에는 충주에 도달하였으며, 5월 2일에는 한양을 함락시켰다. 조정에 전쟁 소식이 전해진 것이 4월 17일이고,[5] 부산에서 서울까지 왜군의 이동 기간이 20일 남짓에 불과했음을 감안하면 진천에서 전

---

4) 진천군 문백면(www.jincheon.go.kr/village03) > 문화관광/농특산물 > 문화재 > 산성.
5) ≪선조실록≫, 선조 25년 임진(1592, 만력20), 4월 17일.

쟁이 발발했다는 소식을 듣고 선비가 마을 사람들과 성을 쌓기 시작하여 왜군이 도착하기 전에 성쌓기를 완료했다는 이야기 속 내용은 허구일 가능성이 크다. 그럴 만한 충분한 시간상의 여유가 없었던 것이다. 산에 있는 샘물이 폭포수처럼 흘러나와 왜군들을 쓸어버렸다는 내용도 과장처럼 보인다. 거기에 더하여 꿈에 나타난 노인의 지시도 현실적인 사건은 아니다.

그렇다고 해서 양천산성에서 왜군 가운데 일부의 공격을 마을 사람들이 막아냈을 가능성마저도 없는 것은 아니다. 여기서도 성은 어쩌면 이전부터 그 자리에 있었던 것으로 보인다. 이 성과 연관된 피난, 방어, 전쟁 그 가운데 어느 한 가지의 성공적 수행이 사람들의 기억을 자극하고, 효도 이야기와 결부되어 위와 같은 전설이 만들어진 것으로 이해할 수 있다. 그렇다면 왜군을 휩쓸어간 샘물이나 꿈 속에 등장한 노인의 목소리는 전투에서 승리하고 마을을 지킬 수 있었던 모든 공을 산성에 돌리고자 하는 사람들의 믿음이 만들어낸 환상이라고 할 수 있다.

양천산성과 백마산성, 두 곳에 얽힌 전설은 역사적 사실과 결부시켜 미래를 대비한다는 산성의 존재 이유를 강조한 이야기이다. 전란을 대비한다는 산성의 역할을 확인한 사람들이 승리가 우연한 것이 아니었음을 전하기 위하여 다른 사람들을 설득하는 방편으로 다듬어진 전설인 것이다. 그 과정에서 시간을 거꾸로 돌려 과거의 성을 현재 시점의 특정 인물과 결부시켰다는 공통점을 찾을 수 있다.

그러나, 모든 산성이 승리의 기억만을 전하고 있지는 않다. 기억에 남아있는 것은 물론 기록된 역사적 사실이 없고 퇴락한 성의 잔해만 남아 있다면, 그리고 그것이 사람들이 내내 기억하는 유일한 모습이라면 이야기를 꾸미는 과정은 달라질 수밖에 없다. 이제 상상력은 성을 쌓은 주체를 주목하는 데 그치지 않고, 퇴락한 이유까지 해명해야 하기 때문이다. 사람들은 여기서 시간을 거꾸로 돌려 성의 과거에 주목한다.

퇴락한 산성의 과거
: 삼년산성, 노고산성, 구녀산성

    산성이 많다고 알려진 충북에서도 보은의 삼년산성은 충북을 대표하는 산성이다. 신라 시대의 산성으로 알려져 있지만, 성을 쌓은 이유나 성쌓기를 주도한 사람 등 자세한 내력은 전해오지 않는다. 다만, 안정복은 ≪동사강목≫에 고려 태조 11년 다음과 같은 일이 있었다고 기록하고 있다.6)

    고려왕이 스스로 군사를 거느리고 삼년산성(三年山城)을 공격하였으나 이기지 못하자 드디어 청주로 가니, 백제가 김훤(金萱) · 애식(哀式) 등을 보내어 군사 3천여 인을 거느리고 와서 침략하였다. 이때, 검필이 탕정군(湯井郡)을 지키고 있었는데 그 고을 남산에 올라가 앉아서 졸다가 꿈을 꾸니, 어떤 대인(大人)이 말하기를,
    "명일 서원(西原)에 변이 있을 것이니, 마땅히 속히 가서 구원하

---

6) ≪고려사≫에는 태조 11년 7월에 "왕이 친히 삼년산성을 공격하였으나 이기지 못하고 드디어 청주로 갔다"라고만 기록되어 있다.(≪고려사≫ 권1, 태조11년)

라.”

하였다. 검필이 놀라 깨어 지름길로 청주에 달려가 함께 싸워서
패배시키고 독기진(禿岐鎭)까지 추격하여 3백여 인을 죽였다.

삼년산성은 청주, 상주, 영동으로 이어지는 요충지에 자리하고 있
다. 따라서 삼국 시대에는 고구려, 백제, 신라가 이 지역을 차지하기
위해 치열한 전투를 벌였을 것으로 예상된다. 그런데 위에 인용한
기록에서는 태조11년 7월 왕건이 청주 싸움에서는 승리했지만 그 이
전에 삼년산성을 공격했다가 실패하였다고 했다. 그렇다면 당시 삼
년산성을 차지하고 있던 군사들은 후백제군사들이었을 것이다. 태조
왕건은 산성에는 패한 기록만을 남긴 것이다. 그런데, ≪신증동국여
지승람≫에는 “산 아래 군장동(軍藏洞)이 있었으니, 세상에서 전하기
를, 태조(왕건)가 군사를 주둔시킨 곳이라 한다”고 기록되어 있다.[7]

삼년산성은 이렇게 만들어진 시기는 신라 때라고 전하고, 후백제
가 한때 차지하고 있었으며, 인근에는 고려 태조 왕건과 관련된 지
명이 남아 있다. 산성은 하나이지만 성과 관련해서는 신라, 후백제,
고려 등이 동시에 거명되는 상황이다. 신라 때에 있었을지도 모르는
싸움들은 태조 왕건의 이름에 덮이고, 후백제의 승리 또한 그들이
종국에는 고려와의 싸움에서 패배했기 때문에 선명한 흔적을 남기지
못했던 것으로 보인다. ‘군장동’이라는 지명의 유래가 왕건과 연결된
다는 사실은 신라나 후백제와 연관된 전설이 없는 이유를 추정하는
데 도움이 된다. 미미한 흔적이나마 고려 태조 왕건의 이름이 다른

---

7) ≪신증동국여지승람≫ 16권, <충청도 보은현>.

이야기의 생성을 막았을 것으로 보인다.

이처럼 삼년산성은 특정의 역사적 사실과 결부하기에는 다소 모호한 위치에 있다. 이처럼 주인 없는 산성은 대개 세월이 흐르면 퇴락하기 마련인

▲ 새로 쌓은 삼년산성(출처 : 오마이뉴스)

데 특정 지역과 무관하게 빛바랜 산성의 유래를 설명하는 전설이 전국적으로 분포되어 전한다. <오뉘 힘내기 전설>이 그것이다. 삼년산성에 전해오는 이야기 역시 그에 속한다.

〈삼년산성 전설〉

이 산 속에는 장사로 이름난 남매가 홀어머니를 모시고 살았다. 장사 남매는 모두 몸이 건강하고 억세기로 말하면 태산을 들고 천근 바위를 움직이는 힘을 자랑했다. 그런데 한 가지 흥미 있는 것은 두 남매 중에 누가 더 힘이 센지 그 우열을 가릴 수 없었다는 것이다. 한 집안에서 둘이나 장수가 태어날 수 없는 숙명을 지녔기 때문에 그들은 필연적으로 어느 한 쪽이 죽어야만 했다. 그래서 그 죽음을 선택하는 방법으로 목숨을 건 내기가 시작되었다. 오빠는 나막신을 신고 송아지를 몰고 서울을 다녀오고 누이동생은 하루 동안 성벽을 쌓고 성문을 다는 시합이었는데, 패하는 자는 죽기로 약속을 하였다.

다음날 아침 동쪽에 해가 솟자 오빠는 나막신을 신고 송아지를 몰면서 길을 떠났고 누이는 돌을 날라 성을 쌓기 시작했다.

이것을 옆에서 보고 있던 어머니는 슬픈 감회가 온몸을 휘감았다. 그런데 딸이 성벽을 다 쌓아 가는데도 아들은 돌아올 기미가 보이지 않았다. 이윽고 딸은 성벽을 완전히 쌓고 성문만 달면 끝나게 되었다. 이것을 초조하게 바라보고 있던 어머니는 아들을 살리고 싶은 생각에 딸이 평소 좋아하는 팥죽을 끓여 와서 먹게 하였다.

"애야, 시장하겠구나. 내가 팥죽을 맛있게 끓여 놓았으니 먹고 하거라."

"아니에요. 성문을 달고 먹을게요."

"먹고 해도 네가 이긴 거나 다름없다. 내 오빠는 필시 어디서 쉬고 있거나 잠을 자고 있을 거야. 그 동안에 팥죽을 먹고 성문을 달거라."

어머니의 간곡한 청을 그만 거절하지 못하고 딸은 북쪽을 바라보며 오빠가 어디쯤 오나 확인하고 나서 일손을 멈추고 팥죽을 먹기 시작했다. 뜨거운 팥죽을 한 그릇 다 먹고 난 후 마지막 성문을 달기 위해 일을 시작할 무렵 그의 오빠가 송아지를 몰고 들어왔다.

딸은 그가 시합에서 패한 것을 자인하고 스스로 성벽에서 돌을 안고 계곡으로 몸을 던져 목숨을 끊었다.

그 후 성을 맡은 고을의 장자가 나머지 마무리를 짓지 못한 성문 하나를 만들어 달았는데 불과 얼마 가지 않아 없어졌다. 그래서 지금까지도 북쪽을 향한 성문의 흔적을 찾을 수가 없다는 것이다.[8]

---

8) 충북학연구소 편, 《이야기충북》, 고두미, 2004, pp.237~238.

이와 비슷한 전설은 삼년산성 인근의 아미산성에서도 전해지고, 충주의 장미산성 전설도 그와 유사한 내용을 담고 있다. 다만, <삼년산성 전설>과 비교하면 시합을 처음 제안한 사람이 남매의 어머니로 나오기도 하고, 힘겨루기 시합이 숙명 때문이 아니라 단순히 우열을 가려보자는 생각에서 시작되기도 하며, 누이가 스스로 죽음을 선택하지 않고 오빠가 죽이는 경우도 있다. 또, 누이의 죽음 이후에 사정을 알게 된 오빠도 자결하고, 남매를 잃은 어머니도 죽음을 택한다는 내용이 덧붙어 있기도 하다.

이야기의 세세한 부분이나 결말은 조금씩 차이가 있지만 힘이 장사인 남매가 겨루기 시합을 벌였고, 어머니가 아들의 승리를 위해 딸이 성 쌓는 일을 방해했으며, 가족 가운데 일부 혹은 전부가 죽음을 맞는다는 내용은 대동소이하다. 어머니가 두 명의 자식 가운데 오빠를 이기도록 도왔고, 그로 인한 불공정이 누이를 죽음으로까지 몰았다는 것은 남아를 선호하던 가부장제의 유습이 반영된 설화이다. 거기에 더하여 여성이 연장자로 등장하고, 누이가 오빠보다 더 유능하게 그려진다는 점에서 모권사회에서 부권사회로 이행하는 과정에서 나타난 여성들의 한을 반영하고 있다고 이해되기도 한다.

그런데 당초에 남매가 왜 시합을 했는가가 석연치 않다. 한 집안에 장수가 둘일 수 없다는 것이 이유인데, 그 때문에 목숨을 건 내기를 한다는 것은 설득력이 없다. 시합 내용도 오빠는 서울을 다녀오고 누이는 성을 쌓는 것으로 되어 있어 결과를 아무도 예측할 수 없게 되어 있다. 비교가 불가능한 과업을 제시했기 때문에 공평한 싸움이 아니었다는 시비에 처음부터 휘말릴 소지를 안고 있는 것이다.9) 이 두 가지는 <오뉘 힘내기 전설>이 갖고 있는 불합리한 부분이다. 현대인의 시각으로 보자면 이런 부분은 허점으로 인식되고, 이 때문에 옛날이야기는 허술하다는 인상을 갖기 쉽다.

▲ 산성(출처 : 다음 카페 광운산악회)

그러나, 옛날이야기를 대하면서 느끼는 허술함에 대한 판단은 주의가 필요하다. 이야기가 허술하다는 느낌은 대개는 그 이야기를 전승하던 집단에 대한 불신으로 이어진다. 불신은 상대적인 우월감을 낳기도 한다.

하지만, 주변을 돌아보면 현대 사회에서도 허술함은 어디서나 목격할 수 있다. 더욱 문제가 되는 것은 그런 허술함이 이야기가 아닌 현실 속에 존재한다는 사실이다. 옛날이야기 속에서 확인되는 허술함은 이야기로 한정되지만, 현실에서 나타나는 허술함은 누군가에게

9) 충주시 노은면과 가금면에서 전하는 장미산성과 보련산성 전설은 장미와 보련이라는 오누이가 누가 먼저 성을 빨리 쌓는가를 두고 승부를 겨룬다.

피해를 주기도 한다. 그런 사실을 감안하면 마냥 현대인들이 우월하다고 내세울 것만은 아니다.

역사적 사실과 결부시킬 수 없다 해도 최소한 산성들이 가족 간 다툼의 흔적이 아닌 것은 누구나 다 짐작할 수 있는 상식이다. <오뉘 힘내기 전설>은 공공의 영역에 속하는 산성을 사적 영역으로 끌어들여 이해한 결과물이다. 축성의 이유를 상실하고 본래의 외양을 잃어가면서 공공성을 찾기 어려워진 산성은 사적인 의미를 부여하는 대상이 된다. 백마산성과 양천산성의 전설에서도 그 같은 면모가 희미하게나마 찾아지는데, 역사와 무관한 산성에는 좀 더 특별한 내용을 담은 것이다. 가족사와 산성의 연결은 그렇게 탄생한다.

효도 이야기에서 사적 관계가 공공성을 확보하기 위해 보상과 인정이 필요했던 것처럼 산성 이야기에서는 가족의 특성을 담기 위하여 성을 집으로 바꾸어 놓는다. 그 결과 온전하던 성에 사람의 손길이 더 이상 닿지 않아 퇴락하고 말았다는 현실은 무시된다. 남아있는 성의 자취를 설명하려는 시도는 시간을 왜곡시키고 성은 본래부터 미완성이었다고 그리는 것이다.

이런 과정을 통해 <삼년산성 전설>은 가부장제의 모순을 들추어내기도 하지만 가정 내에 존재하는 수많은 불합리를 들추어내기도 한다. 이때의 불합리가 모두 소거되어야 하는 것만도 아니다. 혈육의 정으로 맺어진 가족 사이에 이성적인 판단으로 이해 불가능한 사건들은 빈번하고, 그러한 문제에 대한 무의식이 결국 가족 구성원의 비극적인 종말을 산성 이야기를 통해 전달되고 있는지도 모른다.

이렇게 의문을 품어보자. 아들과 딸이 각자 수행해야 하는 과업을 바꾸었더라면 어머니의 개입이 달라졌을까? 완고한 가부장제, 아들 선호 풍습이 남긴 부정적 인상 때문에 아들을 도와준 어머니에게 곱지 못한 시선을 보내긴 하지만, 아들과 딸이 해결해야 할 과업을 바꾸었더라면 적어도 어머니가 아들의 성 쌓는 일을 적극적으로 도와 딸이 죽음으로 내몰리도록 앞장서지는 않았을 것이다.

아들과 딸의 생사를 건 대결을 지켜보아야 하는 어머니의 마음을 한 가지로만 규정하는 것은 바람직하지 않다. 딸의 과업 수행을 방해한 어머니의 행동은 아들이건 딸이건 승부를 늦추어 자식들의 생사가 판가름나는 일을 늦추어 보려는 어머니의 마음 또한 바탕에 깔려 있다고 보아야 한다.

<삼년산성 전설>과 같은 설화가 변형된 사례에서도 가족 관계의 특수성은 그대로 계승되어 나타난다. 청원 <노고산성 전설>이 그런 예이다.

〈노고산성 전설〉

오랜 옛날 이곳에 힘센 장사 가족 일가가 살고 있었다. 아버지와 아들 그리고 시어머니와 며느리 모두가 대단한 용력을 가지고 있었다. 그러던 어느 해 아버지와 아들은 산신의 노여움을 사서 힘을 빼앗겨 평인으로 돌아가게 되었다. 이 일이 있은 후 아버지는 근심하다 병을 얻어 죽었고 그의 아들은 아버지의 죽음을 슬퍼한 나머지 비관 끝에 나무에 목을 매어 자살하고 말았다.

졸지에 집안에는 시어머니와 며느리만 남게 되었다. 그런데 두 과부는 한 집에 더불어 사는 것이 부끄러우니 서로 나가라고 다투었다. 밤마다 싸우는 소리에 이웃들은 소란해 견딜 수가 없었으나 아무도 이들 고부의 언쟁을 막을 수는 없었다. 마을 사람들은 산신의 힘을 빌리기 위해 산제를 올렸다. 그리하여 마침내 산신이 고부를 산신각으로 불러내어 내기를 해서 지는 쪽이 자진해서 집을 나가는 것으로 결정을 했다.

내기는 시어머니는 노고산에 성을 쌓고 며느리는 널빤지를 써서 문주산을 허물어 전답을 만들어 평지를 이루도록 하는 것으로 기한을 백일로 정했다. 이에 두 고부가 승낙하고 일을 시작했는데 시어머니는 가죽 앞치마에 돌을 날라 성을 쌓기 시작했고 며느리는 박달산에서 박달나무 널빤지를 만들어 문주산을 허물고 평지를 만들기 시작했다.

어느 날 산신이 양쪽을 보다가 시어머니가 쌓은 성이 먼저 될 것 같자 은근히 며느리를 동정하기 시작했다. 마침내 백일이 되던 날, 산신은 성돌을 담아가지고 오는 시어머니 가죽 앞치마의 실밥을 터놓고 옻나무를 닿게 하여 가려움증에 시달리게 하였다.

이렇게 성 쌓는 일이 지연되어 마침내 며느리가 승리하게 되었다. 내기에 진 시어머니는 이곳을 떠나 현재 진천 땅에 들어가 성을 쌓으며 여생을 보내다가 거기서 죽었다. 그 뒤로 늙은 시어머니가 쌓았다 하여 노고성이라 전하고 산이름도 노고봉이라고 불린다.[10]

노고산성은 삼국시대에 쌓은 것으로 알려져 있는데, 전설에서는

---

10) 충북학연구소 편, ≪이야기 충북≫, 고두미, 2004, pp.153~154.

고부간의 갈등이 그 퇴락의 원인이라고 제시하였다. 고부가 함께 내기를 한 이유는 두 과부가 함께 사는 것이 부끄럽다는 것이 전부이다. 마음 속에 지니고 살 수도 있는 생각이 표현되면서 엉뚱한 성쌓기 경쟁이 벌어진다.

그렇게 되기 전에 잇달아 발생한 산신의 노여움, 그로 인한 시아버지의 좌절과 죽음, 남편의 비관자살 등은 부끄러움을 노출시키려고 일부러 꾸민 내용일 수 있다. 결과적으로 고부간의 갈등이라는 일상이 만들어지고 문제가 표면화된다. 남매의 대결을 숙명으로 몰고 가서 비극으로 치닫게 했던 <삼년산성 전설>에 비하면, 여기서는 고부간의 갈등이라는 현실을 끌어와 결말도 패한 쪽이 집을 나가는 것으로 타협을 시도한다. 중요한 것은 갈등의 원인이 부끄러움이었다는 사실인데, 고부간의 갈등에 해결책을 찾기 어려운 사정을 그렇게 표현한 것으로 볼 수 있다.

청원군 내수읍 초정리에서 전하는 <구녀산성 전설>도 <오뉘 힘내기 전설> 유형에 속하는 이야기이다.

〈구녀산성 전설〉

옛날 이곳에 홀어미가 딸 아홉과 아들 하나를 데리고 살았는데, 남매간에 불화가 잦더니 마침내 생사를 건 내기를 하게 되었다. 딸들은 산꼭대기에 성을 쌓고, 아들은 나막신을 신고 서울을 다녀오기로 해서 승부를 내기로 한 것이다. 날이 지나 딸들은 성을 거의 완성시켜 가는데, 서울 간 아들은 돌아올 기미가 없었다. 마음이 다급해진 홀어미는 가마솥에 팥죽을 끓여 딸들에게 먹이며 딸들을 쉬게 했다. 그런데, 딸들이 팥죽을 식혀 가며 먹고 있는 동안

아들이 퉁퉁 부은 다리를 끌며 돌아왔다.

　　내기에서 진 아홉 명의 딸은 성벽 위에 올라가 몸을 던졌고, 동
생은 그길로 집을 나가서 돌아오지 않았다. 홀어미도 남편의 무덤
앞에 아홉 딸의 무덤을 만들고 숨을 거두었다. 그뒤로 아홉 명의
딸들이 쌓은 성을 구녀성이라 부르게 되었다.[11]

　이 전설에는 10명의 남매가 등장한다. 아들 하나에 딸 아홉. 문제
는 딸들과 아들이 사이가 좋지 않다는 것이다. 당사자 간에 내기가
이루어지고, 어머니가 뜨거운 팥죽을 끓여 딸들의 성 쌓기를 방해한
결과 나막신을 신고 서울을 다녀온 아들이 승리한다. 아들의 나막신
은 불완전함 혹은 누이들과 불화하는 인물의 결함을 의미한다. 내기
에서 진 딸들은 성벽에 올라 몸을 던지고, 동생은 집을 나간다. 혼자
남은 어머니는 아홉 딸들의 무덤을 만들고 숨을 거둔다.

　이 전설은 아들과 딸들이 불화가 잦다고 함으로써 내기 사유를 구
체화하고 설득력 있게 제시하고 있다. 아들의 가출과 집안의 몰락,
어머니의 죽음 역시 구체성을 확보하고 있다고 할 수 있다. 본래의
이야기보다 딸의 숫자를 많게 하였지만 승패는 바꾸지 않아서 남아
선호사상이 낳은 비극적 모습을 좀 더 구체적으로 그려내고 있다고
할 수 있다. 그러나 아들에 대한 부정적 묘사에도 불구하고 전승 집
단의 시선이나 어머니의 시선 모두가 일방적으로 한쪽 편을 들고 있
지만은 않다는 사실은 <삼년산성 전설>과 같다.

　이상 살펴본 삼년산성, 노고산성, 구녀산성 전설은 공공 장소였던

---

11) 청원군 문화관광(tour.puru.net) > 관광 명소 > 구녀산.

산성을 특정 가족과 연결시키고 있지만 산성이 본래 가진 함의를 완전히 배제하지는 않았다는 점도 유의할 필요가 있다. 산성은 싸움이 있었다는 흔적이다. 그러나 싸움의 주체나 싸움의 명분, 결과 등은 시간이 흐르면서 잊혀진다. 그에 따라 싸움은 처음부터 무의미한 것이었다는 생각도 늘어갈 수 있다. 고대국가 사이의 싸움과 오누이간의 다툼은 그 성격이 판이하게 다르지만 후세에 보면 명분없는 싸움으로 인식될 수 있다는 유사성을 지니기도 한다. 산성과 오누이의 연결은 그 때문에 가능했던 것으로 보인다.

산성의 현재적 활용
: 청주 상당산성과 단양 온달산성

현재라는 시간에 주목하면 사람들의 관심을 가장 많이 받고 있는 충북의 산성은 청주의 <상당산성>과 단양의 <온달산성>이다. <상당산성>은 성 안에 사람들이 살고 있고, 많은 음식점이 있으며, 성벽을 따라 산책로가 조성되어 많은 이들이 찾는다.[12] <온달산성>은 온달 동굴, 드라마 촬영 세트와 함께 온달 관광 지구에 속해 있는데, 산성에 오르는 사람들은 드물지만 관광 지구를 찾는 사람들은 적지 않다.

두 곳은 전쟁, 방어, 피난과 연관된 산성의 기능을 잃은 지 오래이고, 결부되어 전하는 전설이나 역사도 흐릿하지만 현재는 사람들에게 가장 가까이 다가와 있는 산성이라는 공통점을 갖고 있다. 의미상으로는 산성 본래의 색깔을 잃었지만 외형상 과거의 모습을 잘 복

---

[12] 다음(www.daum.net)에는 "상당산성을 사랑하는 사람들"(cafe.daum.net/sdfortress)이라는 카페가 운영되고 있다.

원해 놓은 곳이기도 하다.

<온달산성>을 예로 들면, 사람들은 산성에 오르는 것보다 드라마 촬영장을 둘러보는 것을 선호한다. 가파른 산성에 오르기가 힘에 부쳐서만은 아닐 것이다. <온달산성>에서만 그런 모습이 보이는 것은 아니기 때문이다.

가파르지 않은 문경 새재의 옛길 초입에서도 비슷한 사람들을 어렵지 않게 발견할 수 있다. 왕건 드라마 촬영장과 새재로 오르는 갈림길에서 많은 사람들은 촬영장을 둘러보기 위해 좌측 길을 선택한다. 설사 그 가운데 일부가 드라마 세트를 둘러보고 실망했다고 해도 이를 만회하기 위하여 온달산성을 다시 오르거나 새재 옛길을 걸어보는 경우는 드물다.

사람들이 드라마 촬영장을 선택하는 것은 이야기가 있는 곳을 선호하기 때문이다. 그런 현상은 성터만 남은 곳에 <오뉘 힘내기 전설>을 끌어온 옛날이나 지금이나 다름이 없다. 그런데 <오뉘 힘내기 전설>은 어떤 이야기를 끌어올 것인가 하는 데 대하여 시사점을 던진다. 사람들은 남의 이야기가 아닌 자신의 이야기를 발견하면 무엇이든 그에 끌린다는 사실이다. 산성과 무관한 비극적 가족사는 그런 이유로 사람들의 관심을 받고 산성이 있는 곳마다 전파되어 전래되고 있다.

사람들이 촬영장을 찾는 것도 드라마 속 이야기를 확인하기 위해서가 아니다. 드라마를 보면서 만들었던 자신의 이야기 때문에 촬영장을 찾는 것이다. 그런 점에서 영화를 보지 않은 사람이 태반일 60년대 촬영장을 관광지로 소개하려는 시도는 중요한 연결고리가 빠져 있어 바람직해 보이지 않는다.

<상당산성>은 도시 바로 옆에 위치해 있다는 이점이 있다. 잦은 접촉은 생활의 일부가 되도록 하고 그 안에서 자신의 이야기를 만들어 가는 데도 유리한 고지를 점한다.

현대 사회에서 산성은 중심에서 주변으로 밀려나 있다. 사람들이 산성을 찾을 때는 그런 주변을 일부러 찾는 것이다. 그리고 그런 사람들은 기꺼이 이야기를 수용할 자세가 되어 있다는 특성을 보인다. 그 이야기가 자신의 이야기와 연결될 때 혹은 자신의 이야기로 만들어질 때 산성은 유허(遺墟), 즉 오랜 세월 쓸쓸하게 남아 있는 옛터가 아니라 휴식과 사색을 제공하는 공간으로 바뀔 수 있다. 이는 다시 사람들의 상상력을 부추겨 산성이 의미를 가진 공간으로 되살아나는 데 기여할 것이다.

제 3 장

사랑 이야기

제1절

연리지(連理枝)를 향한 마음

나무 종류에 관계없이 '연리지'로 불리는 나무들이 있다. 두 나무의 가지가 맞붙어 자라는 경우를 말한다. 본래 나무는 햇볕을 많이 받기 위해 서로 경쟁하고 가지마다 다른 나뭇가지를 피해서 자라기 때문에 연리지가 생겨나는 것은 극히 이례적인 일이다. 그런데, 나무를 너무 촘촘하게 심다 보면 그런 현상이 나타나고 경쟁하던 두 나무는 양분을 서로 주고받으며 함께 자란다.

사람들은 이 자연현상을 두고 부모자식 사이의 사랑, 남녀 간의 애정, 두터운 부부애를 연상하고 오래도록 하나의 상징으로 활용해왔다. 대표적인 예가 당 현종과 양귀비의 사랑을 애절하게 그린 백거이의 <장한가(長恨歌)>이다.

칠월 칠석날 장생전에서
깊은 밤 단둘이 주고받은 맹세
하늘에선 비익조가 되길 바라고

땅에선 연리지가 되길 바랐네
영원하다는 천지도 다할 때 있으나
이 한은 끝없이 이어지리라.[1]

▲ 연리지(괴산군 청천면 송면리 소재)

안록산의 반란이 일어나자 현종을 호위하던 군사들은 양귀비 일가를 국난을 초래한 원흉으로 지목하고 현종에게 양귀비를 죽여야 한다고 압박한다. 피난길에서 선택의 여지가 없었던 현종은 어쩔 수 없이 양귀비에게 자결을 명하고, 마침내 양귀비는 숙소 근처 나무에 목을 매 자결한다. 날개가 하나여서 하늘을 날기 위해서는 한 쌍이 되어야 하는 비익조와 자연 속에서 드물게 발견되는 연리지는 이렇게 해서 사람들이 저마다의 사랑 관념을 기탁하는 대표적 상징이 되었다.

본래 비익조는 단순한 상상 속에 존재하는 새 가운데 하나였다.[2] 연리지 또한 역사책 ≪후한서≫에서 채옹 부모의 자식을 생각하는 마음이 드러난 상징으로 출발했다. 그러던 것이 남녀 혹은 부부 사이의 인연과 사랑을 상징하게 된 데에는 사랑에 대한 사람들의 깊은

---

1) 七月七日長生殿 夜半無人和語時 上天願作比翼鳥 在地願爲連理枝 天長地久有時盡 此恨綿綿無絶期
2) ≪爾雅≫, <釋地>, "南方有比翼鳥焉 不比不飛 其名謂之鶼鶼"

관심이 배경으로 자리하고 있다. 이제 <사진>과 같은 연리지는 특정의 이야기가 결부되지 않아도 사람들 저마다 자신의 사적인 메시지를 읽어내는 대상물이 된다.

그런데 사랑, 그 가운데서도 남녀 간의 사랑이 주목받는 것은 단순히 사람들의 관심이 높기 때문만은 아니다. 사랑 자체가 인간관계의 한 모습일진대, 그 이상적인 모습은 특정한 형태로 규정할 수 없을 만큼 지극히 다양하다. 그 어려움은 우리 주변에서도 쉽게 확인할 수 있다. 다음에 인용하는 기사는 기업에서 인사관리를 담당하는 사람들의 생각을 요약한 것인데, 인간관계의 어려움을 잘 보여주고 있다.

> 기업 인사담당자들은 조직생활을 잘하고 사교성이 있는 신입사원을 가장 선호하는 것으로 나타났다. 온라인 채용업체 잡코리아에 따르면 기업 인사담당자 547명에게 '올해 우리 회사에 들어왔으면 바라는 신입사원 유형'을 설문한 결과, '개인플레이보다 팀워크에 앞장서고 인간관계가 좋은 직원'(31.9%)이 가장 많은 선택을 받았다.[3]

인간관계는 다른 업무능력과 달리 가시적인 지표가 있는 것도 아니고, 상호 작용에 바탕을 두고 형성되는 것이어서 전적으로 한쪽에만 책임을 묻기도 어려운 사안이다. 이어령 교수는 이러한 사실에 주목하여 '관계지(知)'라는 단어를 강조하고 그 중요성을 역설하기도 한다.

---

3) ≪연합뉴스≫ 2008.1.9.

사랑도 사람 사이의 일이다. 다만 사랑이라는 개념에는 사람들의 소망이 짙게 투영되어 있다. 그래서 순수, 초월 등의 의미가 덧붙게 되고 사랑은 그 의미가 고양되어 본래 세상에는 없었던 숭고한 것이 된다.

현실에서 사랑은 믿음, 동정, 애착, 선망 등 여러 가지 단어로 표현되기도 한다. 어떻게 표현되던지 사랑을 부정하게 되면 인간사 많은 일들은 그 의미를 잃게 된다. 그래서 너도나도 사랑에 매달리고 사랑을 무기로 활용하여 자신의 입장을 강변한다. 학생에 대한 체벌은 제자 사랑으로 정당화되고 때로는 미화되기도 하며, 외국과의 전쟁은 인류 평화에 기여하는 일이 된다. 한편으로는 자신이 속한 집단에 대한 애정 때문에 내부 고발의 험로를 선택하는 사람도 있고, 똑같은 이유로 치부를 감추는 일에 공모자가 되기도 한다. 이런 모든 경우에 내세워지는 사랑이 허울에만 그치는 것은 물론 아니다. 하지만, 어떤 사랑이 더 본질에 가까운지 단언하기는 어렵다.

사랑은 이처럼 많은 난관을 넘어서야 도달 가능한 지선(至善)한 것이다. 그러면서도 어떤 인간관계보다 당사자 사이의 상호작용이 중요하다. 사랑이 이처럼 간단치 않기 때문에 사람들은 더더욱 사랑을 추구하고 관심을 기울이는지도 모른다. 문학 작품에서 사랑 특히 남녀 간의 사랑이 차지하는 비중이 높은 것은 그런 관심의 결과이다.

전설에서도 사랑은 주요 관심사의 하나이다. 다양한 유형의 사랑 이야기가 전해지고 있으나 남녀 간의 사랑을 방해하는 요인에 차이가 있고, 그 방해물을 넘어서는가 그렇지 못한가 하는 점이 다를 뿐 본질적으로는 닮은 부분이 많다. 그런데 《춘향전》처럼 남녀 주인공이 역경을 디디고 사랑을 성취했다는 내용을 가진 전설은 많지 않다. 대개는 방해 요인이 작동하여 남녀가 끝내 만나지 못하게 되고, 설사 만남에 성공했다고 해도 두 사람이 사회로부터 분리되는 것으로 끝난다. 사랑에 대한 저마다의 지나친 기대가 이야기 속 사랑을 그렇게 그려지도록 이끈 것으로 판단된다. 그 점에 유의하면서 전설을 향유하던 사람들은 어떤 사랑에 관심을 가졌는지 사랑을 소재로 삼은 전설을 만나보기로 하자.

제 2 절

떠나는 사랑, 남은 사랑
: 단양 명기 두향과 퇴계 선생

연인들의 이별은 언제나 사람들의 가슴을 아프게 한다. 사별은 그 중에서도 가장 애달픈 경우이다. 그러나 이별 후 연인을 가슴에 담고서 생전에 한번도 만나지 못한 경우라면 이는 사별에 버금가는 가슴 아픈 일일 것이다. 기생 두향과 퇴계 이황 선생의 인연이 바로 그런 경우이다.

퇴계는 1548년 정월, 지방관이 되기를 자청하여 단양군수로 부임한다. 같은 해 10월 형이 충청도 관찰사로 부임하자 퇴계는 경상도 풍기로 임지를 옮기는데, 9개월 남짓 단양에 있던 시절 관기 두향과의 인연이 널리 사람들의 입에 오르내린다.

조선 후기의 시인 이광려(1720~1783)는 <강행서사(江行書事)>라는 기행 연작시에서 두향의 묘를 다음과 같이 노래하고 있다.

　　　외로운 무덤 하나, 관도(官道)가 있는데,

무너진 모래더미에 붉은 꽃봉우리 비치네.
두향의 이름이 사라질 때면
강선대 바위도 응당 없어지겠지.[4]

두향의 묘소는 본래 강선대 아래 있었다고 전한다. 충주댐 건설로
인해 강선대가 수몰되자 두향의 묘도 몇몇 뜻있는 분들의 노력으로
이장을 하게 되는데, 위 시에서는 무덤이 관도 가에 있다고 하였다.
관도란 오늘날의 국도에 해당하므로, 본래 무덤은 많은 사람들이 왕
래하는 비교적 큰길 가에 있었음을 짐작할 수 있다. 외로운 무덤은
기생의 신분이었기에 돌보아줄 후손이 없어서 그렇게 지칭한 것이며
무너진 모래더미는 시간이 흘러 허물어진 무덤을 일컫는다.[5]

시인은 봉분이 제 모양을 갖추었을리 없는 기생의 무덤에서 생전
의 모습을 붉은 꽃봉우리로 연상한다. 그리고 두향의 묘가 자취 없
이 사라지면 바위도 없어질 것이라고 노래한다. 두향이 사람들의 기
억 속에서 지워진다고 해서 강선대 바위가 사라질 리 없으며, 이광
려가 강선대의 수몰까지를 예상하고 그렇게 읊었다고 보기도 어렵
다. 그는 강선대와 두향의 인연을 강조하며 두향의 묘가 사라지고
이름이 기억되지 않는다면 강선대도 그 빛을 잃을 것이라는 생각을
강선대 바위가 없어질 것이라고 표현한 것이다.

이광려는 퇴계와의 인연을 특별히 언급하지는 않고 있다. 그러나
기생 두향이 세상을 떠난 뒤에도 사람들의 기억에 남아있던 인물이

---

4) 이광려, <江行書事> 23, ≪이참봉집≫.
5) 무너진 모래더미를 강가의 모래로 해석한 사례도 있다. 그러나 강가 모래에서 붉은
  꽃봉우리를 연상하는 것은 다음 구절과 조화를 이루지 못한다. 무너진 모래더미는
  두향의 무덤을 지칭한 것으로 보아야 한다.

었음을 그의 시를 통해 확인할 수 있다.

퇴계와 두향의 인연을 직접 거론한 시인은 고종 때 영의정을 지낸 조두순이다. 그는 1824년 젊은 나이에 청주, 단양 등지를 유람하며 여러 편의 시를 남겼는데, 그 가운데 <두향묘>라는 작품이 있다. 이 시에서 조두순은 "퇴계의 시가 없었다면 누가 두향의 이름을 알리요. 두향 또한 재주가 있어 군자의 영예를 알았도다"[6]라고 하여 두 사람의 인연을 강조하고 있다. 그가 말하는 퇴계의 시란 퇴계가 52세에 지은 입춘시 가운데 한 편을 가리키는 것이라고 전해진다.

> 책 속에서 성현을 대하며
> 빈 방에 초연히 앉았노라
> 창가에 매화가 또 봄소식을 전하니
> 거문고 대하여 줄 끊어졌다 탄식하지 말라[7]

여기에 등장하는 매화가 두향을 연상하는 징표라고 의미를 부여하기도 하지만, 아쉽게도 둘 사이의 인연을 직접 기록한 문서는 발견된 것이 없다고 한다. 그럼에도 불구하고 퇴계와 두향의 인연이 널리 알려지게 된 데에는 다음과 같은 사정이 있다.

> 단성면 장회리에는 단양의 15대 군수였던 퇴계 이황 선생과 단양군의 한 사람의 관기였던 두향에 대한 사랑 이야기가 전해 내려오고 있다. 사실상 두향묘는 유명무실하다가 충주댐 건설로 인하

---

6) 不有退翁詩 誰識杜娘名 娘亦女流秀 得知君子榮
7) 黃卷中間對聖賢 虛明一室坐超然 梅窓又見春消息 莫向瑤琴嘆絶絃

여 무연분묘 이장 과정에서 두향의 묘가 대두되었고 옛 사연을 따른 소설과 정비석 선생이 현지를 다녀가 ≪명기열전≫을 신문에 실으면서 알려졌다.

단양군수로 부임한 퇴계 이황 선생은 관기였던 두향과 매화를 계기로 인연을 맺게 된다. 그러나 퇴계 선생의 형이 충청도 관찰사로 부임하매 퇴계 선생은 형이 업무를 수행하는 데 장애가 되지 않도록 풍기군수로 옮겨 가게 된다. 이후 두향은 기적에 빠져서 이황 선생과 함께 즐겨 찾아 풍유를 즐기던 강선대 아래 초막을 짓고 퇴계 이황 선생의 건강함과 앞길의 영광을 빌었다 한다.

생시에는 퇴계 선생이 좋아하던 난을 키우고 난을 그리고 100 명 이상이 앉아 놀 수 있는 강선대에서 난을 그리면서 거문고를 타면서 세월을 보내다 젊은 나이에 죽었다. 유언하기를 내가 죽거든 퇴계 이황 선생이 즐겨 찾던 강선대 아래 묻어달라고 유언하여 두향의 묘가 생기게 되었다.

이 강선대는 수몰되기 전에는 강에서 30m 높이에 있었으나 수몰되어 20m 강물에 담겨있다. 가뭄에는 그 모습을 드러낸다. 강선대 암석에는 충청도 관찰사 윤헌주가 1717년에 "강선대"라고 각자 했고 당시의 석공은 진삼용이 새겼다고 했다.[8]

사람들은 이런 사정에도 불구하고 소설에 부연된 내용을 토대로 퇴계와 두향이 이별할 때 시를 주고받았으며, 퇴계의 입춘시는 두향에게 보내졌고, 퇴계가 세상을 떠나면서 남겼다는 "저 매화나무에 물을 주어라"라는 마지막 말을 두향에게 보내는 유언이라고 보아 둘 사이의 깊은 사랑의 감정을 기정사실로 만든다. 뿐만 아니라 퇴계의

---

8) 단양군(www.dy21.net) > 행복한 단양 > 고을설화 > 단성면

사후에 두향이 퇴계의 빈소를 찾았다가 쓸쓸히 돌아갔다고도 하고, 두향이 상사병으로 세상을 떠났다고도 하며, 퇴계를 생각하며 자결했다고도 전한다.

퇴계의 매화 사랑, 그리고 두향과 맺었던 잠시 동안의 인연을 사람들은 이처럼 윤색을 통해 아름다웠던 인연으로 기억하려 한다. 자신들과 직접 관련되지 않는 남녀의 사랑이지만 거기에 자신의 소망을 담아 그것이 특별한 사랑이었노라고 의미를 부여하려 든다. 김시습이 남긴 소설 <만복사저포기>에서 사람들이 무엇을 읽어내는가를 보면 그러한 성향의 일단을 잘 알 수 있다.

<만복사저포기>는 불우한 처지의 양생이 만복사에서 부처와 내기를 하여 이기고, 전쟁에 희생된 죽은 여인을 만나 사랑을 나누고, 여인의 부모가 딸의 영혼을 극락으로 보내기 위한 천도재를 치르는 데 참석하여 여인과 이별하는 내용으로 되어 있다. 이 작품에 대하여 많은 사람들은 시공을 초월한 사랑이 주제라고 이해하려 한다.

그러나, 양생이 여인을 만난 것은 필연이 아니다. 양생은 저 세상 사람이 된 여인을 만나려고 원하지 않았고, 여인도 양생을 지목하여 만남이 이루어진 것이 아니다. 두 사람은 각자의 필요에 의해 이성을 만나길 원했고 우연히 같은 자리에 있었기에 만남이 성사된 것이다. 물론 만남 이후 이들 사이에 사랑의 감정이 싹튼 것은 사실이다. 그러나 사랑의 감정을 지닌 것만으로 만남의 전 과정이 순수해지고 인간관계가 모든 현실을 초월하는 것은 아니다.

여인은 현실에서 경험해 보지 못했던 이성과의 인연을 기억하며 이승으로 향하는데, 그녀가 떠나며 양생에게 전하는 말 가운데는 다음 세상에는 남자로 태어나기로 되었다는 내용이 있다. 정말로 양생을 사랑했다면 이승에서도 그 사랑이 이루어지기를 고대하겠노라 하는 것이 순리일 터인데 그녀는 그렇게 하지 않는다. 양생과의 사랑을 지속하는 것이 그녀의 목표가 아니었던 것이다.

양생 역시 마찬가지이다. 우연히 만나 여인과 시간을 보내며 그는 현실 공간에 존재하지 않는 술과 음식을 맛보고 죽은 여인들을 만나 시를 주고받기도 한다. 자신이 만난 여인이 이미 이 세상 사람이 아니라는 사실을 알면서도 양생은 그에 대해 특별한 반응을 보이지 않는다. 그때까지 그는 여인의 이름조차 알지 못하는 상태이다. 비교적 담담하게 천도재에 참석하여 여인을 떠나보낸 후 그는 지리산에 들어가 약초를 캐고 살았는데 그 후로는 어떻게 되었는지 아무도 알지 못한다. 이처럼 양생에게서도 여인과의 사랑은 필연성을 찾기가 부족해 보인다.

그럼에도 불구하고 사람들은 양생과 여인의 만남에 대하여 사랑의 순수함과 초월성을 읽어내려고 애쓴다. 그리고서는 사랑 관념으로 두 인물의 모든 행동을 규정하려 한다. 예를 들면, 양생이 지리산에 들어간 유일한 이유가 여인과 이별했기 때문이라고 보는 것이다. 퇴계와 두향 사이에도 서로를 삶의 전부로 여길 만큼 둘 사이에 필연적 사랑이 있었다고 확신할 만한 단서는 없다. 그러나, 흩어져 전하는 기록과 구전되는 사건, 거기에 소설로의 각색이 더해져 퇴계와 두향의 사랑은 다시 태어나게 된다. 이들의 사랑을 그리는 과정에서 부각되는 요소에 주목하여 사랑 이야기를 살펴보기로 하자.

제3절

환경의 차이를 뛰어넘는 사랑
: 청주 구중고개 전설

　남녀 간의 사랑은 애당초 서로 알지 못했던 두 사람이 만나 서로
가 가진 모든 것을 공유하는 일이다. 만남 이전에 그들은 각자 서로
다른 환경에 속해 있는 경우가 태반이다. 이 환경의 차이를 극복하
는 일이 사랑의 완성에는 반드시 필요한 과정이다. 차이가 크면 클
수록 사람들은 그들의 사랑에 더 주목하지만, 사랑이 완성될 가능성
은 줄어든다.

　퇴계와 두향은 현격한 신분상의 차이가 있다. 그들의 사랑을 아름
다웠노라고 기억하는 이들에게 퇴계는 대학자이고 두향은 천민 신분
의 기생에 지나지 않는다. 그들이 생존한 당시로 돌아가더라도 사정
은 크게 다르지 않다. 퇴계는 고을의 수령이고 두향은 관청에 소속
된 기녀이다. 상하의 구분이 엄격한 시대에 이들의 만남은 신분에
의해 미리 규정될 소지가 다분했다. 그러나 퇴계와 두향은 그러한
외적 조건에 굴하지 않고 사랑의 교감을 나누었다고 전해진다. 퇴계

는 세상을 뜨는 순간까지 두향을 생각했고, 두향 역시 퇴계만을 생각한 것이다.

환경의 차이 가운데는 애당초 극복할 수 없는 경우도 있다. 이를 금기(禁忌)라고 한다. 금기가 곧 불가능을 의미하지는 않는다. 그러나 금기는 사람들에게 족쇄처럼 작용하여 제시된 선을 넘지 않으려는 의식적인 행동을 유도한다. 금기에 부닥친 사랑은 그래서 당사자에게 내적인 갈등을 유발하고, 그로 인한 결말은 대개 비극으로 치닫는다.

다음 전설은 신분이라는 환경의 차이와 남녀의 신분을 대하는 태도가 달랐기 때문에 이루어질 수 없었던 비극적 사랑을 전하고 있다.

〈청주 구중고개 전설〉

조선 중기 광해군 때 한양에서 호조참판을 지낸 이참판이 청주 고을로 내려와 살았다. 이참판의 외동딸 운선(雲仙)은 자기 집 하인인 상백(相百)이 비범함을 알고, 연정을 품었다. 그러나 그녀는 신분의 차이 때문에 말을 하지 못하고 마음을 태우다가 상사병이 나서 자리에 눕게 되었다.

사정을 모르는 이참판은 의원을 불러 진맥을 한 뒤에 약을 쓰고, 무당을 불러 굿을 하였으나 전혀 효험이 없었다. 이참판은 경기도 용인에 명의(名醫)가 있다는 소문을 듣고, 딸의 병세를 자세히 적은 서신을 상백에게 주면서 의원을 모시고 오라고 하였다.

이 사실을 안 운선은 동구 밖 성황당에서 상백을 기다리고 있다가 만나서 자기의 병은 상백으로 인한 상사병임을 밝히고, 함께 멀리 도망하여 살자고 하였다. 운선의 말을 들은 상백은 크게 놀라며 자기와 같이 미천한 놈과 그런 생각을 하는 것은 자기 스스로를 양반의 손에 죽도록 하는 것이므로 따를 수 없다고 하였다.

그리고 혼자 도망하여 용바윗골 낙가산 기슭에 있는 보살사로 들어가 주지인 보현(普賢) 스님께 중이 되게 해 달라고 하였다. 사정을 들은 보현 스님은 그를 객방에 두고 마음이 가라앉기를 기다렸다. 얼마 후, 보현 스님은 그의 뜻이 변함없음을 보고, 좋은 날을 택하여 머리를 깎고, 정각(正覺)이란 법명을 내린 뒤에 수도에 전념하게 하였다.

어느 날, 상백은 주지 스님을 따라 시주를 받으러 청주성 안으로 들어갔다가 운선에게 발각되었다. 그날 밤 운선은 보살사로 상백을 찾아가 그 동안의 일을 이야기하고, 함께 절을 빠져 나가자고 졸랐다. 상백은 처음에는 불제자의 몸으로 그렇게는 할 수 없다고 거절하였으나 그녀의 눈물 어린 호소에 마음이 변하였다.

그래서 두 사람은 밤중에 남몰래 보살사를 빠져나와 청주성으로 향하던 중 자주 다니던 이정골 고개에 이르러 잠시 쉬게 되었다. 그는 이 고개를 넘으면서 '다시는 속세에 돌아가지 않겠다.'고 다짐한 것이 불과 석 달 전의 일인데, 오늘 다시 환속하여 그 고개를 넘게 된 일을 생각하니, 자기 자신이 부끄러워 견딜 수 없었다.

그는 자기의 의지가 약함을 탓하면서 그녀에게 "앞으로 떳떳하게 살지 못할 바에는 차라리 여기서 죽는 것이 좋겠다."고 하면서 함께 죽자고 하였다. 그녀도 신분이 다른 그와 떳떳하게 살 수 없음을 잘 아는지라 그의 말에 고개를 끄덕였다. 다음날 새벽, 마을 사람들은 중들이 넘는 고개에서 목을 매어 죽은 젊은 중과 처녀의 시체를 발견하고 관아에 알렸다.

그래서 두 사람의 신분이 밝혀졌다. 이에 보살사 주지인 보현 스님은 부끄러움을 금치 못하고, 그 고개로 중들이 왕래하지 못하게 하였는데, 그곳을 옛날에 중들이 다니던 고개라 하여 구(舊)중고개라 한다. 주지 스님의 명에 따라 그 고개로 다닐 수 없게 된 스님들은 새 길을 찾아 다녔는데, 그 고개를 중고개라고 한다. 지금의 금천고등학교 뒤쪽으로 해서 낙가산에 오르는 길이다.[9]

사랑의 감정은 운선에게 먼저 생겨났지만 시간이 흐르면서 상백 또한 주인집 딸의 감정을 이해하고 받아들인다. 하지만 양반 신분의 여자 운선과 하인 신분의 남자 상백은 처음부터 맺어지기 어려운 인연이었다. 남녀의 신분이 바뀌었더라면 당시로서는 문제가 되지 않았거나 반대가 있었다고 해도 잡음 수준에 그쳤을 일이다. 그러나 조선 사회는 남성과 여성에게 신분에 따른 규제를 동일하게 적용하지 않았다. 거기에 수긍할 만한 확고한 명분이 있었던 것도 아니다. 이를 잘 보여주는 사례가 '종모역법'이다.

조선 후기에는 경제적 상황이 달라지면서 혼인할 때 신분보다 경제력을 중요하게 생각하는 사람들이 늘어났다. 평민의 딸로 태어났지만 노비 신분의 남성과 혼인하는 여성들도 많아지게 되는데, 1669년 당시의 서인 집권층은 양역, 즉 납세와 병역의 의무를 떠안는 인

---

9) ≪전설지(傳說誌)≫, 충청북도, 1982.

구를 늘리기 위하여, 노비와 양처 사이의 자녀에게 적용되던 종부법을 폐지한다. 아이가 태어나면 어머니의 신분을 따라 양민이 되어 세금도 내고 군대도 가도록 했던 것이다.

이렇게 되면 아이의 신분은 양민이 되지만, 노비를 소유하고 노비의 자식들까지 소유물로 여겼을 사람들은 가만히 앉아서 손해를 보는 셈이다. 남인들은 이 때문에 노비와 주인 사이에 분쟁이 생길 수 있다는 이유를 들어 '종모역법' 즉 어미의 신분에 따라 양역을 부과하는 정책을 반대하였다. 그래서 정권을 잡은 후 '종모역법'에 따라 양인이 된 사람들을 다시 노비로 되돌려 놓았다.

이후 서인과 남인의 집권과 실각이 한동안 반복되면서 종모역법의 적용을 받는 사람들은 양인과 노비 신분을 오락가락하게 된다. 1731년(영조 7) 종모법이 확정되어 이런 혼란은 일단락되는데 이후로는 아버지가 노비인 경우에도 어머니의 신분을 따르게 되었다. 이는 향후에 노비제도가 해체되는 중요한 요인 가운데 하나로 꼽기도 한다.

서인이나 남인 모두가 현실적인 이유를 들고 있지만 그들이 추구한 정책은 반대되는 모습으로 나타났다. 그렇게 정책이 오락가락하는 동안 신분이 계속 바뀌었을 사람들의 처지를 생각해 보면 애당초 내세웠던 명분은 누구를 위한 것이었는가 하는 의문이 든다. 명백한 정당성을 확보하지 못한 상태라면 정책의 일관성이 더 중요해 보이는데, 그렇게 하자고 상대방을 인정하고 생각을 바꾸는 일은 분쟁을 해결하고 국가 재정을 튼튼하게 하는 것보다 더 어려웠다.

금기 또한 마찬가지이다. 시대가 바뀌면 사람들이 넘어서는 안될 선도 얼마든지 달라질 수 있다. 따라서 한때 통용되던 금기는 그 당시의 시대상을 들여다보는 중요한 수단이 되기도 한다. 한 시대의 특성이 무엇을 권장했는지에 따라 드러나는 것과 무엇을 막았는지에 따라 드러나는 것은 커다란 차이가 있다.

금기 가운데는 시대가 달라져도 바뀌지 않는 것이 있다. 도덕과 연관된 금기가 그렇다. 다음 전설은 남매간의 사랑이라는 도덕적 금기를 정면에서 문제 삼고 있다.

〈제천 아들바위 딸바위 전설〉

제천에서 북진으로 가는 버스를 타고 가다가 남한강을 건너 또다시 충주 쪽으로 가다 보면 제천시 청풍면 계산리에 이른다.

옛날 박첨지 내외가 지금의 계산리인 계장골에 살고 있었다. 박첨지 내외에게는 어린아이가 없었다. 그래서 박첨지 부인은 절에 불공을 드려 아들을 점지해줄 것을 빌었다. 어느 때는 백일치성도 드렸다. 그러던 어느 날 박첨지 부인이 절에 가서 불공을 드리고 있는데 갑자기 길옆 숲속에서 이상한 소리가 들려 가보았더니 커다란 알 두 개가 있는데 이상한 소리가 나는 것 같았다. 알 두 개를 집으로 가져다 따뜻한 방안에 놓아두었다. 그런지 며칠 만에 알속에서 어린 아이가 나온 것이다. 하나는 사내, 또 하나는 계집아이였다.

박첨지는 크게 놀랐으나 이것은 필시 부처님의 점지해준 자식으로 알고 무척 기뻐하였다. 정성을 들여 키웠다. 남자아이는 오빠가 되고 여자애는 누이동생이 되었다. 점점 자라자 오누이의 사이를 벗어나 이성의 감정이 싹트기 시작하였다. 몹시 괴로워하던 누이는 흰 눈이 펑펑 쏟아지는 겨울밤 뒷산으로 올라갔다. 그런 후 누이동생은 돌아오지 않았다. 누이를 찾아 집을 나선 오빠도 돌아오지 않았다.

   오누이를 찾아 나선 사람들이 둘을 발견했을 때 그들은 이미 숨져 있었다. 그런데 홀연히 두 사람이 없어지더니 그 자리에는 두 개의 바위가 솟아 나왔다. 그 후 동네 사람들은 이 바위를 아들바위 딸바위라 불렀다. 충주댐 건설로 수몰되었다.[10]

오누이의 사랑은 실현 불가능하고 있어서도 안될 일이다. 그러나 위의 전설처럼 남매로 태어난 것이 아니라 자라면서 남매가 된 경우에는 사정이 달라진다. TV드라마에서는 가끔씩 이와 유사한 소재를 주요 모티브로 활용하고, 때로는 성장하면서 남매가 된 이들의 사랑을 허용하기도 한다. 그러나 보수적인 윤리관이 지배하던 시기에는 사랑의 감정이 생겨날 수 있다는 사실은 인정해도 결연까지 허락하지는 않았다. 그로 인해 오누이는 비극적인 죽음을 맞게 되지만, 정작 이 이야기가 전달하려는 메시지는 사랑을 긍정하고 있지 않다.

   전설은 대부분 증거물을 남긴다. 연못, 성, 지명 등이 그런 증거물에 속한다. 이는 이야기 속 인물과 사건들이 실재했었다는 것을 알리는 역할을 하지만, 다른 한편으로는 전설을 향유하는 집단에 대해 지속적인 관심을 요구하는 효력도 지닌다. 아들바위 딸바위는 자라면서 남매가 된 남녀의 이루어질 수 없는 사랑을 이야기하면서 이를 통해 도덕적 금기가 갖는 당위성을 바위처럼 굳게 천명하고 있다.

---

10) 제천군(www.okjc.net)> 나이스제천 > 제천시소개 > 제천의전설

바위의 존재는 전설이 사라지지 않는 한 도덕적 금기를 홍보하고, 사람들에게 경고를 보내며 동시에 그에 대한 동의를 구하는 더없이 좋은 교육적 수단이 된다.

성애와 분리된 사랑 : 보은 가마골 전설

이성간의 사랑에는 성애가 따른다. 에로스(Eros)라는 단어는 이성간의 사랑을 의미하기도 하고 성적인 사랑을 의미하기도 하는데, 이는 사랑과 성애가 밀접하다는 점을 시사한다. 그런데, 성애가 필요없는 사랑도 있다. 아가페적 사랑이나 플라토닉 사랑이 그것이다. 전자는 자기를 희생하는 타인 본위의 사랑을, 후자는 순수하고 정신적인 사랑을 의미한다. 연인 사이라고 해서 이런 사랑이 불가능한 것은 물론 아니다.

지혜가 담긴 주례사로 유명한 법륜 스님은 그의 책 <스님의 주례사>에서 "베풀어주겠다는 마음으로 결혼하면 길가는 사람 아무나 하고 결혼해도 별 문제가 없습니다. 하지만 상대에게 덕을 보겠다는 생각으로 고르면 백 명 중에 고르고 골라도 막상 고르고 보면 제일 엉뚱한 사람을 골라 결국엔 후회하게 됩니다"라고 결혼을 앞둔 신랑신부에게 당부한다.

사람들은 그런 사랑 그런 결혼이 바람직하다고 동의를 표한다. 그러나 현실은 그렇지 못하다. 타인 본위의 사랑이나 순수하고 정신적인 사랑은 좀처럼 찾기 힘든 사례이다.

평범한 사람들은 대부분 자신을 먼저 생각하게 된다. 사랑이라고 해서 예외가 되는 것은 아니다. 그렇다고 그런 이기심을 부정할 수만은 없는 노릇이다. 이기심이 있기 때문에 사람들은 더 나은 삶을 위해 노력하고 남의 인정을 받으려고도 하는 것이다. 물론 이기심만으로 가득한 사람은 애당초 사랑을 운위할 자격조차 없다. 그런 사람은 사랑 이야기에서 아예 고려 대상이 아니다.

순수하고 정신적인 사랑, 타인을 먼저 생각하는 사랑은 모든 사람이 인정하는 사랑이지만 현실보다는 이야기 속에서 훨씬 자주 목격할 수 있다. 다음 전설은 부귀와 영화가 보장된 귀한 신분의 한 여성이 타인을 존중하는 삶의 태도를 지니고 종국에는 부모마저 등진다는 내용을 담고 있다.

〈보은 가마골 전설〉

보은군 속리산면 상판리 천연기념물인 정이품송이 서 있는 부근 마을을 "진(陳)터"라 부르고 그 마을에서 동쪽으로 들어간 산골짜기를 "가마골"이라 부른다.

조선 제7대 임금이신 세조대왕에게는 딸이 하나 있었다. 어려서부터 매우 슬기롭고 영리하여 집안의 귀여움을 독차지하며 자랐다. 그런데 세조가 김종서 등 여러 대신들을 죽이고 마침내 단종을 몰아내고 왕위에 오르자 딸은 몹시 안타깝게 여기면서
"부왕마마 왜 어진 재상들을 모두 죽이시나이까? 그리고 어린

임금이 가엽지 않으십니까?"

하고 품의하였으나 세조는 들은 척도 하지 않았다. 뒤이어 성삼문 등 충신들을 잡아 죽이고 어린 단종까지 영월로 내쫓은 후에 죽여 버리자 공주는 비통한 마음을 금치 못하여 눈물을 흘리며 간하였다.

"아바마마, 어쩌자고 충신들을 그처럼 참혹하게 죽이시고 이제 죄없는 어린 상왕마저 살해하시나이까? 후세 사람들이 아바마마를 어떻다 하오리까? 참으로 너무 하시나이다."

하고는 통곡했다. 이에 세조는 크게 노하여

"참으로 방정스럽고 괴이한 계집애다. 당장 끌어내어 사약을 먹여라."

이리하여 공주는 꼼짝없이 죽게 되었는데 왕비 윤씨가 이 소리를 듣고 자식을 사랑하는 모정에 차마 그대로 둘 수가 없어 몇 번이나 남편에게 매달려 살려 달라고 하였으나 세조의 고집을 꺾을 수 없었다. 생각다 못한 윤씨는 마침내 금은 패물을 한 보퉁이 싸서 유모에게 맡기고 어디든지 공주를 모시고 가서 숨어 살 것을 부탁하였다.

공주와 유모는 남복으로 변장을 한 후 눈물을 뿌리며 대궐을 빠져 나왔으나 구중궁궐 깊은 속에서 살던 그들에게 세상이 넓다한들 어디로 가랴? 그저 앞이 캄캄할 뿐이었다. 그들은 낮에는 숨고 밤이면 걸어서 발길 닿는 대로 온 곳이 보은 땅이었다. 두 사람은 발을 끌다시피 하면서 걸어가다가는 큰 소나무 아래 이르자 공주가

"아유, 이제 더 못 가겠소. 예서 쉬어 갑시다."

하고 털썩 주저앉아 유모도 뒤따라 쉬고 있는데 마침 그때 나무꾼
한 사람이 나무를 한 짐 지고 오더니 짐을 받쳐놓고 쉬는 것이었
다. 두 사람의 시선이 일시에 나무꾼에 쏠렸다. 이제 한 십칠팔 세
가량 되어 보이는 준수하게 생긴 총각이었다. 나무꾼도 두 사람을
유심히 바라보았다.

　"어디를 가시는 나그네이시온지 매우 피곤해 보이십니다."

　나무꾼이 두 사람을 번갈아 보다가 약간 의아스럽다는 듯이 고
개를 갸우뚱하고는 물었다. 분명히 차림새로 보아서는 남자임이
분명한데 젊은 나그네의 아리따운 얼굴 모습이라든지 중년 객의
목소리가 여성의 음성이었다. 나무꾼은 무슨 생각을 하였던지

　"오늘은 날도 저물어 가고 또 여기서 인가가 있는 곳을 가려면
한참 걸어야 하니 저희 집이 여기서 멀지 않으니 같이 가시는 게
어떠시겠습니까?"

하고 물었다. 두 사람은 그 말씨나 태도가 매우 공손하고 믿음직
스러울뿐더러 더 가야 남의 집에서 자기는 매일반이라 총각의 뒤
를 따라가 깊은 산중 숲속 바위 밑에 자리 잡은 움집으로 안내되
었다. 깊숙한 산중에 외딴집에서 가족도 없이 총각 혼자 살고 있
는 것이 겁도 나고 의심도 적지 않았으나 워낙 총각이 공손하고
다정스러워 그 날 밤 총각이 지어다 주는 밥을 먹고 피로에 지친
몸을 쉬게 되었다. 이튿날 아침이 되었으나 피로가 겹친 공주가
병이 나자 그들은 떠나지 못하고 그 움집에서 며칠을 더 묵게 되
었고 하루 이틀 지나는 동안에 두 나그네가 여인들이라는 것을 알
게 되었다. 그러던 어느 날 유모는 총각을 불러놓고

　"우리들은 본시 서울 대갓집 아녀자들이온데 큰 화를 당해 변장
하고 숨어 다니는 중이옵니다. 이제 다행히 당신같이 좋은 주인을
만나 토설하는 터이오니 제발 숨겨주시어 목숨만 살게 하여 주시

기 바랍니다."

목 메인 소리로 호소를 하였더니 총각의 얼굴색이 순간 달라지면서 눈물이 글썽해지며 자기도 역시 화를 피하여 이곳에 살고 있는 길이라 하며 어차피 같은 처지이니 함께 지내보자는 것이었다.

그 뒤부터 그들은 한 솥에 밥을 먹고 한 방에서 기거를 하게 되어 부지중에 젊은 남녀는 정이 들게 되었고 이성간에 무사할 수 없었던 것도 당연한 일이었다. 그리하여 그들은 날을 가려서 맑은 냉수를 떠놓고 성례를 하여 드디어 부부가 되었다. 부부가 되자 총각이 먼저 물었다.

"당신은 대체 어느 댁 따님이시오? 우리 기왕 한 몸이 되었으니 숨길 것이 무엇이겠소?"

그리하여 공주는 자신의 신분을 밝히고 이곳까지 오게 된 사연을 말하였다. 한숨과 눈물 속에 이야기를 다 듣고 난 신랑은 갑자기 일어난 공주에게 두 번 절을 하고 목메인 소리로 자기의 신분을 밝혔다.

"처음부터 귀인이신 줄은 짐작했습니다. 참으로 이런 줄은 몰랐습니다. 이 사람은 바로 절재 김종서 대감의 둘째 손자올시다 집안이 온통 망하고 가족이 모두 살해될 때 하인의 친절한 주선으로 도망쳐 나와 이곳에 숨어살게 된 것입니다."

이 말을 들은 공주와 유모는 깜짝 놀랐다. 그리고 형용 못할 야릇한 감정이 솟아올랐다. 원수끼리 맺어진 신랑신부, 그러나 젊은 그들은 한껏 정답고 단란하기만 했다. 실로 꿈같은 현실 속에서 꿈같이 세월이 흘러갔다. 몇 년이 흐르자 이들은 귀여운 아들딸을 낳았고 차츰 경계가 누그러지자 값진 보물을 팔아 마을로 내려갔다. 거기서 집과 땅도 사고 그리고 뒷산 골짜기에 숯굽는 가마를

만든 후 숯을 구어 보은 읍내에 나가 팔기도 하며 행복하게 살아
갔다.

　그런데 이 무렵 피부병이 든 세조 임금이 병을 고치기 위하여
명산대찰을 찾아 기도를 드리는데 마침 속리산으로 행차하게 되었
다. 이들이 사는 집은 속리산 초입 길목인 정이품송 근처 마을에
있었다. 이 소문을 들은 공주내외는 그때 여섯 살 난 아들과 네 살
짜리 딸에게 꼼짝하지 말라고 부탁하였으나 세조가 그 마을 앞 큰
소나무 아래 행차를 머물게 하고 쉬자, 동네 아이들은 웬 구경거
리냐고 일제히 내달아 와서 구경을 하게 되자 이들의 어린 두 남
매도 부모님의 타이름이 있었으나 어린 호기심에 그만 구경을 하
게 되었다. 그때 세조가 무심히 아이들을 내려 보다가 맨 앞에 서
있는 어린 두 남매를 발견하였고 생김생김이며 차림차림이 다른
아이들과 훨씬 돋보이는 데다 모습이 어쩌면 옛날에 죽었던 자기
딸의 얼굴과 흡사했다. 세조는 측근신하를 불러 저 아이들의 집을
알아보도록 지시한 후 그 곳을 떠났고 지시를 받은 신하는 두 남
매의 뒤를 따라가 집을 알게 되었다.

　이튿날 세조는 평복을 하고 두 명의 신하만 거느리고 이 집 앞
에 당도하여 물을 얻어 오게 하였다. 그리하여 신하 한 사람이 물
한 그릇을 청하게 되었는데 공주가 문틈으로 밖을 내다본 즉 부왕
마마가 문 앞에 서 있는지라 깜짝 놀라 뒷문을 통하여 숯을 굽고
있는 남편을 찾아가 이 사실을 알리고 아이들과 함께 산을 넘어
도망을 가고 말았다. 신하는 조금 전까지 인기척이 있었는데 아무
리 물을 청해도 대답이 없으므로 의심이 더럭 나서 문을 열어보니
뒷문이 열려 있고 사람의 흔적이 없었다. 이는 분명한 역적의 무

리라 생각한 신하는 세조를 급히 모시고 돌아간 후 군사를 이끌고 마을에 진을 친 뒤, 군사를 풀어 아무리 잡으려 했으나 잡을 수 없었고 세조는 자신의 딸이 숨어살고 있음을 알고 천륜의 정이 쏠리었으나 차마 발설을 못하고 말았다는 것이다. 이 뒤부터 군사가 진을 친 마을이라 하여 마을이름을 "진터", 숯을 굽는 가마가 있었다 하여 "가마골"이라고 불렀다.[11]

이 전설은 <원수끼리 맺어진 부부>라는 제목으로 인터넷 상에 게시되어 있다. 세조와 김종서의 관계에 주목하여 만남을 이해하려고 한 것이다. 공주는 본래부터 남을 생각하는 인정 가득한 마음을 지녔으니 그녀가 나무꾼과 혼인하고, 남편이 김종서의 손자임을 알고서도 혼인생활을 지속한 것은 당연해 보인다. 나무꾼 역시 할아버지를 죽인 원수의 딸과 혼인을 한 것으로 보아 자기 중심적 사고를 하는 인물로 생각되지는 않는다. 이들의 사랑은 가문에 얽혀서 이루어지기 어렵다는 특성을 지녔지만, 당사자들이 모든 여건을 개의치 않아서 행복한 가정을 꾸릴 수 있었다.

원수가 될 수도 있는 사람들이 부부가 되어 생활하는 것은 특이한 사례이다. 사람들은 바로 그 점 때문에 이 사랑에 주목한다. 같은 이야기가 조선 후기 서유영의 《금계필담》에도 실려 있는데, 책에 기록된 내용이라고 해서 그런 사실이 있었노라고 단정하기는 어렵다. 구전되던 이야기가 책에 실리는 경우도 다반사이기 때문이다.

이 전설은 두 가지 우연한 사건이 중심에 있다. 하나는 공주가 길

---

11) 보은관광(www.tourboeun.go.kr) > 관광명소 > 문화관광 > 보은이야기 > 전설/설화

을 가다 만난 나무꾼이 난을 피해 숨어살던 김종서의 손자였다는 내용이고, 다른 하나는 세조가 보은에 내려와 딸을 닮은 아이들을 발견했다는 내용이다.

이런 우연성은 대개는 이야기를 만들고 전하는 사람들의 소망이 담겨 있는 경우가 많다. 어떤 소망일까? 이야기를 주로 향유하는 집단은 정치권력의 향배와 다소 무관한 처지에 있는 이들이 많다. 그렇기 때문에 정치적 사건에 대해 이성보다는 감성을 앞세워 판단하는 경향이 있다. 위의 전설도 그런 성향을 배후에 깔고 있다.

세조와 관련해서는 대개 조카를 죽였다는 사실을 기억하는 사람들이 대부분이다. 그래서 단종이 머물렀다는 청령포는 많은 사람들이 찾지만, 세조의 왕릉이 어디 있는지 기억하는 사람은 많지 않다. 신숙주의 부인과 관련해서 전해지는 기록을 통해서도 세조의 혁명에 대한 부정적 정서를 읽어낼 수 있다. 신숙주 부인이 사육신 사건이 있은 후 자결을 하려 했다는 이야기가 전하는데, 그녀는 이미 그 이전에 병으로 유명을 달리한 상태이다. 그런데 20세기 초에 쓰여진 <신숙주부인전>이라는 소설에서는 신숙주의 부인이 아예 사육신에 대한 심문이 있던 날 밤 남편의 선택에 실망하여 자결했다고 하였다. 사실을 중시하기보다는 독자의 취향을 고려하여 그런 선택을 했던 셈이다.

세조를 향한 민간의 시선은 부정적인 평가가 더 널리 확산된 상태였을 것이라고 짐작된다. 그런데 세조가 병을 치료하기 위해 보은으로 내려온다. 왕이 보은까지 행차하는 것은 당시로서는 일생에 한 번도 경험하기 어려운 커다란 사건이다. 그런 사건을 기억하는 사람들은 왕암사라는 절의 명칭도 세조와 연관시킨다. 세조가 보은으로 가던 중 백족산 부근을 지나 피반령을 넘다가 바라본 성무봉의 바위가 멋지다는 말을 남기자 '왕이 말한 바위'라는 의미를 담아 왕암사라는 절 이름이 만들어졌다는 전설이 그것이다.

왕의 행차를 먼발치에서나마 목격한 사람들은 자신들이 그동안 부정적으로 바라보았던 세조에 대해 어떤 형태로든 면죄부를 주고 싶었는지 모른다. 상상력을 동원한 이야기는 그렇게 만들어졌고, 그 안에서 세조의 딸 즉 공주는 아버지를 대신해서 희생양이 됨으로써 아름다운 한 편의 사랑 이야기가 엮어졌다는 추정을 해볼 수 있다. 다만, 군사들이 동원되어 김종서의 후손 혹은 역적으로 의심되는 누군가를 찾기 위해 진터에 머물렀을 가능성은 있으며, 이 사실이 이야기를 꾸미게 된 최소한의 단서가 되었을 것으로 보인다.

공주의 사랑이 앞에서 살펴본 <구중고개 전설>과 다른 점은 금기와 무관하다는 사실이다. 김종서 집안이나 세조의 입장에서는 결코 용납할 수 없는 혼인이겠지만 외부의 시선으로 보면 오히려 이들의 사랑은 가문의 전력 때문에 더 가치있고 의미있는 것으로 인식되고, 그래서 결말은 비극으로 치닫지 않는다.

대중의 취향에 민감할 수밖에 없는 TV드라마에서는 남녀 주인공이 아예 이전부터 사랑하던 사이였고, 남녀 주인공을 김종서의 손자와 세조의 딸이 아니라 김종서의 아들과 세조의 딸로 바꾸어 놓았다. 둘 사이에 플라토닉 사랑의 분위기가 더 짙어지도록 몇 가지 요소를 변형한 것이다. 그것이 사랑의 순수성을 대중에게 호소하는 데 더 효과적이라 여겼기 때문이겠지만 이는 시청자의 취향에 대한 지나친 배려로 보인다.

  퇴계와 두향의 사랑 역시 그러한 대중의 소망이 반영되어 내용이
다듬어진 전설로 이해할 수 있다. 한쪽에는 사랑과는 무관해 보이는
남성이 있고, 다른 쪽에는 중세사회 에로스의 한 표상인 기생이 있
다. 그런데 이들 사이에 우연한 만남이 있고, 오고가는 대화나 시 작
품 등을 통해 정신적인 교감이 확인된다. 기생의 이 같은 모습, 즉
성애와 분리된 사랑의 감정은 매우 이례적이라고 인식되어 오랫동안
기억에 남을 수 있었던 것으로 보인다. 유사한 예들이 있다. 기생 황
진이와 유학자 서경덕의 사랑, 부안 기생 매창과 시인 유희경의 사
랑이 그것이다. 이들 역시도 퇴계와 두향의 경우처럼 연인 관계를
지속하지 못했다는 공통점을 갖고 있다.

아쉬움이 남는 비극적 사랑 : 제천 박달재 전설

사람들에게는 어떤 과거사가 더 오래 기억될까? 커다란 만족감을 안겨 주었던 사건보다 아쉬움과 안타까움이 남아있는 사건이 더 기억에서 많은 자리를 차지하고 있을 가능성이 크다. 사랑을 다룬 전설에서도 이루지 못한 사랑, 소망을 충족시켜주지 못한 사랑, 비극적 사랑이 수적으로 압도적인 우위에 있다. 그런 사랑의 전설로 박달재에 얽힌 이야기를 들 수 있다.

〈제천 박달재 전설〉

조선조 중엽 경상도의 젊은 선비 박달은 과거를 보기 위해 한양으로 가던 도중 백운면 평동리에 이르렀다. 마침 해가 저물어 박달은 어떤 농가에 찾아 들어가 하룻밤을 묵게 되었다. 그런데 이 집에는 금봉이라는 과년한 딸이 있었다. 사립문을 들어서는 박달과 눈길이 마주쳤다.

박달은 금봉의 청초하고 아름다운 모습에 넋을 잃을 정도로 놀랐고, 금봉은 금봉대로 선비 '박달의 의젓함에 마음이 크게 움직였다. 그날 밤 삼경이 지나도록 잠을 이루지 못해 밖에 나가 서성이던 박달도 역시 잠을 못 이뤄 밖에 나온 금봉을 보았다. 아무리 보아도 싫증이 나지 않는 선녀와 같아 박달은 스스로의 눈을 몇 번이고 의심하였다. 박달과 금봉은 금세 가까워졌고 이튿날이면 곧 떠나려던 박달은 더 묵게 되었다. 밤마다 두 사람은 만났다. 그러면서 박달이 과거에 급제한 후에 함께 살기를 굳게 약속했다. 그리고 박달은 고갯길을 오르며 한양으로 떠났다. 금봉은 박달의 뒷모습이 사라질 때까지 사립문 앞을 떠나지 않았다.

서울에 온 박달은 자나 깨나 금봉의 생각으로 다른 일을 할 겨를이 없었다. 과장에 나가서도 마찬가지였던 박달은 결국 낙방을 하고 말았다. 박달은 금봉을 볼 낯이 없어 평동에 가지 않았다.

금봉은 박달을 떠나보내고는 날마다 성황당에서 박달의 장원급제를 빌었으나, 박달은 돌아오지 않았다. 금봉은 그래도 서낭에게 빌기를 그치지 않았다. 마침내 박달이 떠나간 고갯길을 박달을 부르며 오르내리던 금봉은 상사병으로 한을 품은 채 숨을 거두고 말았다.

금봉의 장례를 치르고 난 사흘 후에 박달은 풀이 죽어 평동에 돌아와 고개 아래서 금봉이 죽었다는 소식을 듣고 땅을 치며 목놓아 울었다. 울다 얼핏 고갯길을 쳐다본 박달은 금봉이 고갯마루를 향해 너울너울 춤을 추며 달려가는 모습이 보였다. 박달은 벌떡 일어나 금봉의 뒤를 쫓아 금봉의 이름을 부르며 뛰었다. 고갯마루에서 겨우 금봉을 잡을 수 있었다. 와락 금봉을 끌어안았으나 박달은 천 길 낭떠러지로 떨어져 버렸다. 이런 일이 있는 뒤부터 사람들은 박달이 죽은 고개를 박달재라 부르게 되었다.[12]

▲ 박달재 기념 조형물

과거를 보려는 선비 박달과 농사꾼의 딸 금봉은 신분이 달랐던 사이였다. 그러나 이 전설에서 그들의 신분 차이는 중요한 관심사가 아니다. 금봉은 소식 없는 박달 때문에 상사병에 걸려 죽는다. 그런데 박달은 금봉을 잊지 않았다. 금봉을 지나치게 생각한 나머지 과거에 낙방했고, 금봉에게 면목이 없어 재회를 망설였던 것이다. 결국 박달의 마음은 변한 것이 없었지만, 바로 그 때문에 금봉을 죽음으로 이끈 셈이 되었다. 한 사람은 사랑의 감정이 지나쳐서 연인을 죽음에 이르게 했고, 다른 사람은 자신 때문에 일어난 일을 연인의 변심으로 오해해서 죽음을 선택했다.

이 이야기의 비극성은 바로 여기에 있다. 누구보다도 서로를 위하고 서로를 잘 알고 있다고 생각했던 그들이 오해가 겹치면서 만나지 못하고, 비극적 종말을 맞은 것이다. 박달이 금봉을 생각하다가 환상에 사로잡혀 낭떠러지로 떨어졌다는 내용은 이야기의 비극성을 더욱 높이기 위한 부연으로 이해할 수 있다.

---

12) 제천문화관광(tour.okcj.net) > 볼거리 > 제천10경.

연인들의 의사와는 무관하게 사건이 전개되어 종국에는 비극으로 끝나는 사랑 이야기는 또 있다. 옥천군 청산면 문바위 전설이 그것이다.

〈옥천 문바위 전설〉

청산면 한곡리(閑谷里), 마을 뒷산에 문바위라 부르는 넓은 바위가 있는데, 그 바위 위에는 장수발자국이라는 몇 개의 우묵한 자취가 있고, 옆에는 사람모양을 한 두 개의 바위가 있다.

아득한 옛날, 하늘에 옥황상제가 다스리는 천국이 있었다. 매우 평화로운 천국의 옥황상제는 두 공주를 두었고, 황후는 마침 아기를 잉태하고 있었다. 천국에는 갖가지 진기한 보물도 많고, 기이한 꽃이 피고, 아름다운 열매를 맺는 나무들이 가득하였다. 그중 계수나무가 한그루 있었는데 이 나무 꽃이 피면, 계화(桂花)처럼 아름다운 공주를 낳게 될 것이라는 소문이 퍼져 있었다.

그 후, 황후는 아름다운 셋째 공주를 낳았는데 그 이름을 계화라 지어 불렀고, 그 공주는 사랑을 독차지하고 있었다. 이때 그 천국에는 훌륭한 재상이 웅인(雄人)이란 이름을 가진 귀여운 아들을 두고 있었는데, 그는 어려서부터 비범한 인물이었다.

계화공주는 항상 웅인과 더불어 놀았으며, 나이가 들어감에 따라서 웅인은 매우 씩씩하고 용맹스러우며 지혜 있는 총각이 되었다. 계화공주는 활짝 핀 계화처럼 깨끗하고 아름다움을 지닌 처녀로 성장하고 있었다.

그런데, 이 평화로운 천국에 악독한 대신이 있었다. 이 대신도 웅인과 동갑인 아들이 있었는데, 계화공주를 며느리로 맞이하여 자신이 임금과 사돈이 되어, 천국의 권세를 잡고자 하는 야심에 불타고 있었다. 그래서 웅인과 웅인의 아버지를 눈의 가시처럼 여겼다. 그래서 그는 자기를 따르는 무리들과 합세하여 착한 재상인 웅인의 아버지를 모함하여 급기야는 반역 죄인으로 몰아 억울하게도 옥황상제의 노여움을 사도록 만들었다.

옥황상제는 웅인의 아버지와 그의 아들을 벌주기 위하여 인간 세상으로 귀양을 보내게 되었다. 그때 옥황상제는 웅인이 비범한 인물임을 알고 있었으므로,

"너의 무용은 인간세상에서는 당할 자가 없을 것이다. 그래 특히 명하노니 네 죄를 용서 받아 다시 천국에 오를 때까지는 절대로 무술을 쓰지 말아라"고 명하였다.

계화공주는 웅인을 구하고자 백방으로 노력했지만, 옥황상제의 명령은 어쩔 도리가 없었다. 웅인을 인간세상으로 귀양 보낸 뒤에 계화공주는 웃음을 잃고 수심에 싸여 있었다. 공주의 슬픔을 아는지 계화도 꽃잎을 떨어뜨리고, 마침내 계화공주는 병이 들어 나날이 쇠약해져 가고 있었다. 보다 못한 옥황상제는 계화를 달래서 웅인을 잊어버리도록 했지만 소용이 없었고, 귀여운 공주의 쇠잔한 모습을 보고 가련해 했다. 보다 못한 옥황상제는 계화의 간청을 들어주어, 우선 인간 세상에 사흘 동안만 다녀오도록 허락하였다.

그래서 계화공주는 인간세상으로 내려오긴 하였으나, 넓은 세상 어디에서 웅인을 찾는단 말인가! 공주는 만나는 사람에게 웅인의

소식을 물으면서 허약한 몸을 이끌고 헤맸다. 한편, 인간 세상에 내려온 웅인은 청산면 하곡리 뒷산 기슭에서 농사를 지으면서 살고 있었다.

그러던 어느 날, 이 동네에 큰 괴물이 나타나서 가축을 닥치는 대로 잡아가고, 사람도 함부로 해치는 일이 생겼다. 온 동네 사람들은 모두 무섭고 겁이 나서, 우들우들 떨면서 죽는 날만 기다리는 신세가 되었다. 이 괴물의 횡포를 보다 못해 웅인은 옥황상제의 특명이 있었지만, 자신의 무술로 이 괴물을 때려잡아 모든 사람들이 안락하게 살 수 있도록 해야겠다고 마음먹었다. 또 웅인은 생각하기를

"나는 인간 세상에 감금되어 언제 사면될지 모르겠고, 설령 죄를 벗고 천국에 오른다 해도 그때는 이미 계화가 남의 아내가 되었을 것이니, 차라리 저 괴물과 싸워서 하늘의 벌을 받고 죽어버리자" 하고 결심하였다.

드디어 웅인과 괴물의 싸움은 한곡리 산천을 뒤흔들고 사흘 밤, 사흘 낮이 계속되었다. 마침내 웅인을 당해낼 수 없음을 안 괴물은 도술을 써서 개구리가 되어 바위 밑으로 기어 들어갔다. 웅인도 도술로 뱀이 되어 뒤쫓았고, 괴물이 새가 되어 날면 웅인은 매가 되어 쫓았으며, 마침내 지네로 몸 바꿈 한 괴물은 문 바위 속에 있는 제집으로 기어 들어갔다.

지칠 대로 지친 웅인은 그 바위 위에 올라앉아서 괴물이 나타나기를 기다렸다. 그때 도망치려는 괴물지네를 발견한 웅인은 번개처

럼 달려들어서 지네를 두 동강이 내고 말았다. 그러나, 이 치열한 싸움에서 웅인도 온몸이 피투성이가 되고, 이내 사라지고 말았다.

웅인을 찾고자 천하를 헤매던 공주는 인간 세상에 내려온 지 사흘째 되는 날, 마침내 이곳 한곡리에 도착하였다. 괴물과 더불어 싸우고 있다는 소문을 들은 공주는 허겁지겁 산으로 올라갔다. 그러나, 공주가 피가 낭자한 현자에 도착하여 보니 괴물은 두동강이 나서 죽어 있고, 웅인의 모습은 보이지 않았다. 다만 웅인을 꼭 닮은 바위가 하나 근심스럽게 서있을 뿐이었다. 웅인은 옥황상제의 특명을 어긴 죄로 바윗돌로 화하고 말았던 것이다.

공주는 웅인이 화한 바위를 붙잡고 한없이 울었다. 이윽고 공주는 하늘을 향하여 크게 부르짖었다.

"아바마마 옥황상제여! 소녀에게도 벌을 내리시어 이곳에서 바위가 되게 하여 주소서. 그리하여 웅인과 함께 영원토록 이 자리에 함께 있게 하여 주소서."

그러자, 공주의 몸도 서서히 발끝부터 굳어지기 시작하여 마침내 바위가 되어 버렸다. 지금도 괴물의 돌문이 있었다는 문바위 위에는 계화공주의 눈물자국이 남아있고, 괴물과 싸울 때 남긴 웅인의 발자국이 있으며, 이 바위 옆에는 웅인과 공주가 화하여 되었다는 바위가 두 개 우뚝 서있다.[13]

전설에서는 일반적으로 주인공의 비범함이 내세워진다. 사랑 이야

---

13) 옥천군 청산면(www.oc.go.kr/html/dong_06) > 우리마을 자랑 > 고을설화탐방

기에서도 그 점은 다르지 않다. 비범하다고 강조하는 방법은 여러 가지이다. 고귀한 신분을 내세우든지, 심성이 남다르게 곱든지, 상대적인 신분 차이라도 강조해서 연인을 이상적 인물로 그린다. 그도 안 된다면 최소한 주인공을 속물로 비쳐지지 않도록 애쓴다. 하기야 세속적인 이익에 관심 있을 사람들이 이타적인 사랑이나 정신적 사랑에 관심을 둘 리 없고, 비극적 종말을 기꺼이 수용할 것이라 예상하기도 어렵다. 단, 현실에서는 사랑하기 때문에 속물이 아니게 된 것인지, 속물이 아니기 때문에 사랑을 하게 된 것인지 그 선후 관계를 단정하기란 어렵다.

<문바위 전설>에서는 주인공을 아예 천상계 인물로 설정함으로써 보통사람들과 다르다고 내세운다. 게다가 웅인은 마을 사람들을 위하여 자신의 안위를 염려하지 않고 기꺼이 모든 것을 바친다. 공주 역시 웅인을 생각하며 바위가 되는 벌을 자청하고 나선다. 상대방에 대한 지나친 배려가 비극을 초래하는 주원인이었던 <박달재전설>과 달리 <문바위 전설>에서는 웅인의 능력이 문제가 된다.

웅인의 비극은 스스로 불러온 측면이 있다. 용왕이 웅인의 무용이 뛰어나다는 이유로 그에 주술을 걸었기 때문이다. 게다가 웅인은 공주가 이미 다른 사람의 아내가 되었을 것이라고 오해한다. 그래서 마을 사람들을 위하기로 결심을 하지만 그 과정에서 사랑했던 공주의 의사나 행동은 아무런 힘을 발휘하지 못한다.

그럼에도 불구하고 공주는 바위가 된 웅인 앞에서 자기 또한 바위가 되어 그를 따르겠노라고 아버지에게 애원한다. 사랑하는 두 사람 사이에는 이처럼 소통이 제대로 이루어지지 않는다. 상황이 그럴 수

밖에 없지 않느냐며 그들을 옹호할 수는 있으나 의사 교환이 이루어지지 않아 비극이 초래되었다는 점을 부정할 수는 없다. 이는 <박달재 전설>의 두 연인 역시 마찬가지이다.

두 사람의 연인 가운데 한 사람이 일방적으로 상황을 오판하고 그릇된 결심을 함으로써 비극이 초래된 이야기로 <옥천 명월암 전설>이 있다. 옥천군 군북면 석호리는 갑신정변에 실패한 김옥균이 잠시 피신을 했던 곳으로 알려져 있다. 그는 명월이란 기생과 함께 내려와 이곳에서 지냈는데, 명월은 자기 때문에 김옥균이 더 큰 세상으로 나가 뜻을 펼치지 못한다고 생각하여 장문의 유서를 써 놓고 금강에 몸을 던져 죽고 만다. 김옥균은 명월을 생각하며 그녀와 지내던 청풍정 아래 바위에 '명월암'이라는 글자를 새기고 옥천을 떠났다고 전해진다.

이 이야기 역시 기생이라는 여성의 신분, 연인을 위한 자기희생, 그리고 비극적인 결말 등이 어울려 사람들에게 선명한 기억을 남길 수 있었다. 그리 오래되지 않은 이야기이면서도 전설 목록에 오를 수 있었던 것은 그 때문이다.

옥천에는 사랑 이야기로 <일향산 전설>도 전해온다. 힘이 장사인 월이가 있었는데 그와 사귀던 일향이가 부모의 반대라는 장애물을 만나자 자결하고 만다. 그 후 월이는 폐인이 되어 혼자 살다가 세상을 떠났다고 전한다. 여기서도 역시 일향이의 일방적인 결정이 비극적 결말을 불러 왔다는 점에서 연인 사이의 의사소통 부재가 아쉬움을 남기고 있다.

사람들이 주목하는 사랑 이야기는 이별 후에도 지속되는 사랑, 순수한 사랑, 자란 환경이 다른 연인의 사랑 그리고 아쉬움이 남는 비극적 사랑을 주로 다룬다. 현실에서는 이와는 다른 사랑들이 더 많은 비율을 차지하고 있을 것이다.

　대부분의 남녀는 상대방의 조건을 완전히 무시하지 못하며, 외모나 성격을 따지고, 환경이 비슷한 짝을 찾으려고도 한다. 그렇게 인연을 맺은 후에는 사별 등의 변화가 없는 한 삶과 함께 부부의 사랑은 지속된다. 그렇다고 이런 사랑은 애당초 의미 없는 것이라고 폄하하고, 사랑이 아니었다고 부정할 수는 없다.

　이야기 속 주인공의 사랑도 외부 조건의 영향을 받는 것은 마찬가지이다. 어떤 힘이 외부에서 작용하느냐에 따라 내용을 달리하기는 하지만 현실과 큰 차이가 없어 보이기도 한다. 그러나 이야기가 되는 순간 현실의 사랑과 이야기 속 사랑은 모습이 달라진다.

　사람들은 사랑 이야기에서는 연인을 주목한다. 그리고 순수성을 찾으려 노력한다. 그렇게 이야기 속 주인공들의 사랑은 사적 영역을 고수한다. 현실에서도 사적 영역에 머무는 동안 사랑은 충분히 아름답고 좋은 기억들로 남는다. 그러나 그것이 남의 이야기가 아니고 우리의 이야기가 되고, 공공의 영역으로 노출되는 순간 사랑의 아름다움은 색깔이 달라진다. 그래서 때로는 추문으로 전락하기도 한다. 불륜을 행하고도 자신들의 사랑은 순수했고 그래서 아름다웠노라고 강변하는 사람들을 현실에서 어렵잖게 찾아볼 수 있는 것은 사랑을 사적 영역에 계속 머물러두길 자신들이 희망하고 고집하기 때문이다.

제 4 장

신앙 이야기

조선과 불교

조선은 알려진 대로 유교 국가였다. 그렇다고 해도 불교의 자취를 부정하지는 못했다. 고려 때부터 이어져 온 흐름을 완전히 무시할 수도 없었지만 세상의 모든 일을 처결하는 방편으로 유교가 완벽할 수 없었기 때문이다. 조선 초 궁중에서의 불경 간행은 그런 맥락에서 이해되어야 한다. 고려시대에 비하면 조선에 와서 승려의 지위나 불교의 위상이 상대적으로 하락한 것은 사실이지만 민간에서도 불교를 신앙으로 지녔던 사람 또한 적지 않았을 것으로 추정된다.

조선 후기에는 사정이 더욱 달라진다. 전쟁 후 여러 시설을 복구하는데 노동력을 필요로 하던 정부가 암묵적으로 불교를 지원했기 때문이다. 그로 인하여 17세기 이후 불교는 중흥의 길을 찾을 수 있었다.[14] 유교적 관점을 앞세워 불교를 이단으로 생각하는 큰 흐름은 바뀌지 않았지만 양반 가운데 불교에 관심을 갖는 이들이 나타나고

---

14) 조성산, <19세기 전반 노론계 불교인식의 정치적 성격>, 《한국사상사학》13, 한국사상사학회, 1999, p.307.

그 가운데 박세당 같은 이는 유교와 불교에 대한 공평한 시각을 지
닌 이른바 유불회통적 사유를 보여주기도 하였다.

신앙은 믿음의 문제이고, 개인에게 믿음은 가장 중요한 삶의 한
부분이다. 그래서 개인이나 집단의 정체성은 신앙에 의하여 규정되
기도 한다.

그런데 중요성 자체에 대해서는 두 가지 오해가 있을 수 있다. 가
장 중요한 무엇이 개인이나 사회에서 실질적으로 모든 역할을 한다
는 생각과 중요한 것에 대한 표현은 늘 직접적인 의미를 전달한다고
보는 태도가 그것이다.

신앙이 중요하다는 점은 부정할 수 없는 사실이다. 그러나 그것이
개인의 삶이나 집단의 성격을 규정하는 유일한 요소가 아니라는 점
을 염두에 두어야 한다. 또, 중요도가 높을수록 표현도 그에 비례하
여 신중하게 이루어지기는 하겠지만 우회적 표현이 불가능하지는 않
으며 표현하지 않는 부분도 얼마든지 있을 수 있다. 유교국가 조선
을 거치며 다듬어져 온 불교 관련 전설에 대해서는 그런 관점을 택
하여 다양한 시각으로 접근할 필요가 있다.

전설 속에 부정적인 불교의 모습이 보이면 반불교적이라고 단정하
거나 긍정적인 승려상이 나타나면 포교 차원으로 이해하는 것은 이
야기의 세계에 대한 지나친 단순화이다. 더구나, 전설 속에 불교가
들어와 있는 이유는 불교에 대한 입장을 표명하기 위해서가 아니라
불교가 생활 가까이에 있었기 때문이라고 보는 것이 더 합리적이다.
즉 전설은 불교에 대한 찬반을 표현하는 수단이 아니다.

오늘날에도 종교 관련 이야기들은 그런 오해에 휩싸여 있다고 판

단된다. 그 때문에 종교와 관련된 언급들은 제약을 받고 비판은 마치 금기처럼 인식되는데, 이에 대해서는 통념을 재고해야 한다. 실제로, 어떤 종교가 되었건 그에 대한 가장 엄정하고 신랄한 비판은 내부로부터 제기된다는 점 역시 참조할 필요가 있다.

제 2 절
탈속의 사찰 공간 : 연기 설화와 국왕의 방문

전국에는 많은 절이 산재해 있다. 그 가운데 이름이 알려진 절치고 전설 하나 갖고 있지 않은 경우는 거의 없다. 가장 쉽게 접할 수 있는 전설은 연기설화이다.

연기설화는 절이 어떻게 해서 그 자리에 서게 되었는가를 해명하는 내용을 담고 있다. 인연을 중시하는 불교인지라 절이 자리한 곳 또한 범상한 인연이 아님을 소개할 필요가 있었던 것이다. 몇몇 사찰들의 연기설화는 다음과 같이 전한다.

〈보은 법주사 연기설화〉

신라 진흥왕 때 의신조사가 천축에 다녀오며 흰 나귀에 불경을 싣고 절터를 찾아 가는데, 한 곳에 이르러 나귀가 더 이상 가지 않고 제자리를 맴돌았다. 의신조사는 그 자리에 법주사를 창건하였다.

〈괴산 각연사 연기설화〉

신라 법흥왕 때 유일화상이 절을 지으려 칠성면 쌍곡리 사동(절골) 근처에 자리를 잡고 공사를 시작했다. 그런데 갑자기 까마귀가 여러 차례 날아들어 대팻밥과 나무부스러기를 물고 어디론가 날아 갔다. 까마귀를 따라가 보니 대팻밥이 연못에 떨어져 있었고, 연못 안에 돌로 된 불상이 하나 있었다. 이에 유일화상은 연못을 메우고 그 자리에 각연사를 세웠다.

〈제천 무암사 연기설화〉

의상대사가 무암사를 창건할 때 마을에 억센 소가 있었다. 의상대사는 그 주인을 찾아가 소를 절에 시주하라고 청하여 주인의 승낙을 받고 소를 절로 데리고 왔다. 절에 온 소는 더 이상 난폭하게 굴지 않고 순한 소가 되어 8년 동안 나무를 운반하였다. 그 덕분에 절을 쉽게 세울 수가 있었는데, 나중에 소가 죽어 화장을 하니 여러 개의 사리가 나오고, 이에 감동한 의상대사가 사리탑을 세웠다.

세 곳의 연기 설화에는 모두 동물들이 등장한다. 이들 동물은 절 터를 정하거나 법당을 세우는 과정에 관여한다는 공통점을 보인다. 이는 절을 세우는 데 인간이 알 수 없는 힘이 작용한다는 점을 내세우고, 전생에는 인간이었을지도 모르는 동물을 등장시킴으로써 불교에서 중시하는 윤회사상을 전면에 내세우는 효과가 있다. 그렇게 함으로써 평범하던 장소는 특별한 공간으로 재탄생하는 것이다. 그곳은 인간들이 살고 있는 세상에 속하기는 하지만 의미상으로는 분리된 공간이다. 그런 공간을 속세를 벗어났다고 하여 탈속 공간이라 부른다.

사찰이 기본적으로 탈속 공간이기는 하지만, 현실에 그 모습을 두고 있는 한 세속 공간과의 접촉이나 의미의 중첩은 불가피하다. 이 때문에 탈속 공간이기는 하되, 세속 공간과의 강조하려는 전설들이 전해지는 데 그 대표적인 유형 가운데 하나가 세속 공간에서의 최고 권위자인 왕이 절에 들르는 이야기이다.

왕이 절에 들렀다는 사실은 역사의 일부이고, 전하는 이야기는 그런 역사의 단편에 불과하다고 생각할 수 있다. 하지만, 전설에서는 단순한 사실을 전하는 것 외에 특별한 사건이 있었다는 점을 내세우고 그런 전설은 탈속 공간과 세속 공간의 차이를 부각시킨다.

왕은 세속 공간의 최고 정점에 있는 인간이다. 그래서 왕의 사찰 방문은 세속 공간과 탈속 공간의 만남이 되어 서로가 승인하고 포용한다는 상징성을 갖게 된다. 한편으로는 사찰 본래의 의미가 강조되고, 다른 한편으로는 세속적 권위에 기대어 힘이 실리는 계기가 되는 것이다. 영동의 명찰 영국사에는 공민왕의 방문 사실이 다음과 같이 전해져 온다.

〈영동 영국사와 공민왕〉

서기 1361년(공민왕 10년) 11월 홍건적의 난을 피하기 위해 공민왕은 노국공주와 대신들을 데리고 피난의 길을 떠났다. 남으로 길을 재촉하던 공민왕은 영동 양산면 지금의 누교리에 머물게 되었다. 영국사의 그 당시 이름은 국청사(國淸寺)이기 때문에 왕이 부처님 앞에 나가 나라가 태평하고 백성들의 평안을 빌려고 했다. 그런데 며칠 전부터 내린 폭우로 도무지 내를 건너 갈 수가 없었다. 개경에서 들려오는 소식은 모두 가슴 아픈 일들 뿐이었다. 성

안의 부녀자와 노인과 어린이들은 다투어 성을 빠져나갔다지만 그나마 피난을 떠나지 못한 사람들이 홍건적의 무리에 짓밟혀 울부짖는 소리가 천지를 진동시킨다는 소식이었다. 공민왕이 이곳 양산이 아니라 이천을 지날 때 이미 홍건적은 개경을 함락 했고 그뒤 수개월 동안 사람과 가축을 살해하고 왕궁을 불사르는 등 잔악한 행동이 그칠 사이가 없이 일어났다고 한다.

때마침 개울 건너 천태산 쪽에서 종소리가 울려 왔다. 공민왕은 깜짝 놀라 좌우를 돌아보았다.

"이 부근에 절이 있는 줄은 알았지만 저렇게 종소리가 아름다운 절인줄은 몰랐구나"

왕비와 왕자 그리고 대신들은 하나같이 공민왕의 눈치만을 살폈다. 대신 한 사람이 설명하기를

"저 절은 일찍이 신라 때 원각국사께서 세운 절로써 처음에는 만월사(滿月寺)라 하였다가 문종대왕 당시 대각국사가 주지로 온 뒤로 국청사라 이름을 고쳐 오늘에 이르고 있다고 하옵니다"

하고 아뢰었다. 공민왕은 눈이 번쩍 띄었다. 대각국사 의천(義天)은 문종(文宗)의 아들로 천태종(天台宗)을 일으킨 분이 아닌가. 의천(義天)의 발자취가 남아 있는 저 국청사에 올라 국태민안을 빌어보고 싶었다.

공민왕의 뜻을 알아차린 대신들은 산에 올라 칡넝쿨을 걷어 오라 일렀다. 그들은 수행원과 인근 마을 주민들이 걷어 온 칡넝쿨을 새끼줄처럼 꼬아서 구름다리를 만들었다. 공민왕은 완성된 다리를 밟고 국청사 부처님 앞에 나아갔다. 왕비 왕자 그리고 대신을 데리고 공민왕은 국청사에 올라 국태민안을 빌었다. 그래서 국

청사는 공민왕이 다녀간 뒤 왕이 나라안 백성들의 편안함을 빌었다하여 편안할 영(寧)자 나라 국(國)자를 써서 (寧國寺)로 고쳐 불렀고, 공민왕이 칡넝쿨로 다리를 만들어 건너간 마을을 누교리(樓橋里)라 부르기 시작했다.[1]

전설로 남은 공민왕의 영국사 방문 이외에도, 영동의 반야사 문수암에는 세조가 문수동자를 만난 곳이라는 전설이 전한다. 세조는 호랑이를 타고 나타난 문수동자에 이끌려 용소(龍沼) 즉 깊은 물웅덩이에 들어가 몸을 씻었고, 고생하던 피부병이 말끔하게 치유되었다는 것이다. 세조는 그밖에도 속리산 법주사에 들렀는데, 보은에는 그와 관련한 정이품송 전설, 은구석 전설 등이 전한다.

제천 와룡산 고산사에는 신라 경순왕이 머물렀다는 전설이 있다 이때 마의태자와 덕주공주가 월악산에 머물렀는데, 그 때문에 월악산 영봉이 와룡산을 보고 절을 하는 형국이라고 설명하는가 하면 마의태자와 덕주공주가 관세음보살의 지시로 각각 미륵석불입상과 마애미륵불을 봉안했다는 이야기도 전한다. 이 전설 역시 속세를 떠난 신라 왕족을 통해 불교의 탈속성을 강조하면서 속세와의 인연을 전면에 내세우고 있는 사례라고 할 수 있다.

임금의 방문이 탈속 공간의 위상을 확인하는 중요한 계기가 된다면, 불교의 현실 개입은 속세에 비해 상대적으로 우위에 있음을 적극적으로 내세우는 경우이다. 배 모양의 청주가 떠내려갈 수 있으므로 돛대 역할을 하도록 혜원 스님이 철당간을 세웠다는 전설이나 왕의 기운이 보이므로 이를 누르기 위하여 경주 송림사 주지승이 충주

---

1) 영동군(www.yd21.go.kr) > 알기쉬운 영동 > 영동의 마을 > 영동의 전설.

에 중앙탑을 세웠다는 전설이 그런 예이다. 청원 동화사 석불 전설도 탈속 공간의 속세에 대한 관심과 지원을 말하면서 자연스럽게 불교 우위의 사고를 전파한다.

〈청원 동화사 석불 전설〉

임진왜란 때 청주를 공략한 왜장 구로다의 휘하에 있던 한 왜장이 청주로 들어오다가 서쪽 동화산에서 황홀한 황금 후광이 비치는 것을 보았다. 그는 산속에 보물이 있을 것이라 단정하고 발길을 돌려 동화산으로 들어 왔다.

그 전에 동화산 아래 동화사에서는 석불에 물방울이 맺혀 몹시 불안해하고 있던 터였다. 왜장이 절 안에 들어서자 큰소리로 말하며 불당문을 열어 제쳤다. 불당 안에는 석불이 한 기 모셔져 있었는데, 후광은 석불에서 나오고 있었다. 그러나 왜장이 법당문을 열자 후광이 사라지면서 정면을 응시하고 있던 석불의 얼굴이 서서히 좌측으로 돌아가면서 외면을 하였다.

이것을 본 왜장은 불안함에 버럭 화를 내며 장검을 빼들어 석불의 목을 쳤다. 그러자 한 칼에 베어진 석불 머리는 그대로 불전에 떨어지며 목을 벤 왜장의 발등을 때려 발목을 분질러 놓고 말았다. 놀란 왜병들이 황급히 발목이 부러진 왜장을 이끌고 밖으로 나와 청주로 향해 나오는데 갑자기 하늘에 먹구름이 끼면서 뇌성벽력과 함께 소나기가 퍼붓기 시작했다.

왜병들이 소나기를 피하기 위해 근처 고목나무 밑으로 들어가자 벼락이 고목을 때려 반수 이상의 왜병들이 현장에서 불타 죽었다. 이에 나머지 왜병들이 석불의 목을 쳤기 때문에 벌을 받는 것

이라 여기고 전전긍긍하고 있던 차에 국사봉에 은신하고 있던 의
병장 조헌이 군사를 이끌고 기습을 하여 왜병을 몰살시켰다.
　그 후 마을 유지가 석불 머리를 수습하여 보수를 하였는데, 실
수로 불상이 측면을 바라보게 되었다.[2]

　위의 전설은 동화사 석불이 왜장을 혼내주었고, 의병들의 승리를
도왔다는 내용을 전하고 있다. 왜적의 침략으로부터 조선땅을 지키
는데 속세와 탈속의 구분이 있을 수 없으며 속세에서와는 다른 방법
으로 왜병들을 다스렸다고 하였다. 그렇게 해서 탈속 공간이 세속공
간과 연결되고 동시에 우위에 있음을 드러낸다.

▲ 청원 동화사 석조비로사나불 좌상

　그러나 이 전설에는 전쟁을 맞이한 불교의 깊은 고민도 함께 담겨
있다. 호국 불교는 불교 국가인 신라와 고려를 거쳐 오면서 불교가

──────────
2) 충북학연구소, ≪이야기 충북≫, 고두미, pp.148~149.

보여준 대표적인 모습 가운데 하나이다. 그러나, 살생을 금하는 불교에서 승려들이 전쟁에 참여하는 일은 아무런 문제가 없는 일이 아니다. 나라를 지키는 것과 종교적 신념 사이에서 적잖은 고민이 있었을 터인데, 동화사 석불 전설에서 석불의 후광이 왜장을 유인하고 그래서 찾아온 왜장을 외면했다는 내용은 종교의 본의를 잃지 않으면서 속세에 대한 최소한의 간섭을 시도한 것이다.

그러나 왜장은 불상에 칼을 휘둘렀고 불교는 왜장의 발목을 부러뜨리는 응징을 보여주는 데 그친다. 그러나, 왜병들이 절을 벗어난 순간 그들에 대한 징치는 벼락과 의병들에 의한 몰살로 계속된다. 불력이 직접 작용한 결과라고 확신할 단서는 보이지 않지만, 결과는 동화사 석불과 무관할 수 없다. 결국 석불은 전쟁의 한가운데에서 살생을 우회적으로 실행한 것처럼 비쳐질 수 있는데, 그로 인한 번민을 정상적인 모습이 아닌, 측면을 바라보고 있는 불상의 현재 모습을 통해 나타내고 있다고 할 수 있다. 그 때문에 생겨날 수 있는 의문, 즉 불교가 어느 선까지 현실에 개입할 수 있는가 하는 문제는 전설을 수용하는 각자가 해결해야 할 사안이다.

탈속과 환속의 경계 : 보은 마전사, 충주 광부처

탈속을 지향해야 할 불교가 현실에서 그 자취를 지울 수 없는 한 속세와의 경계를 어떻게 그어야 하는가는 영원한 숙제일 수 있다. 공간으로나 인물로나 탈속 안에 내포된 세속의 의미를 완전히 부정하기 어렵기 때문이다. 이러한 고민이 그대로 노출된 전설도 전한다. <마전사 은행나무 전설>과 <마전사 벼락바위 전설> 그리고 <충주 광부처 전설>이 그에 해당한다. 두 편의 전설은 불교의 우위를 보여주려 한 이야기와 달리 외견상 불교와 일정한 거리를 두고 있는 것처럼 보인다.

<마전사 은행나무 전설>

조선 시대 보은군 회남면 조곡리에 있던 절 마전사(麻田寺)에는 은행나무 두 그루가 있었다. 어느 해인가 주지승이 경내에 있는 은행나무 한 그루를 베어 버리면 청소하기에 용이하다고 생각하고 나무를 베기 시작하였다.

주지승이 나무를 베기 시작한지 사흘 만에 나무가 쓰러졌는데 그와 동시에 은행나무에서는 우유빛 백색물이 솟아나왔고 나무를 벤 주지승은 톱을 쥔 채 현장에서 피를 쏟고 숨을 거두었다. 이와 같은 변고가 있은 후 절은 퇴락하였고, 동구 밖에 서 있던 다른 은행나무는 나라에 변고가 있을 때마다 울기 시작했다고 한다.[3]

〈마전사 벼락바위 전설〉

마전사 마을 앞 길가에 거의 반으로 갈라진 거대한 바위가 서 있는데 "벼락바위"라 부른다. 세조께서 이 절에 다녀가셨을 무렵이라 한다. 이 절의 주지승은 평소 열심히 도를 닦아 도술에 능통했다. 그러던 어느 날 이 절에 허름한 옷차림의 도승 하나가 찾아왔다.

주지승은 도승을 보고 한편으론 불쾌하고 다른 한편 주눅이 들었다. 그래서 도승의 재주를 시험해 봄으로써 자신의 자괴지심을 풀어 보려고 마음먹었다.

주지승은 자신이 바위에 말을 타고 올라갈 터이니 도승도 따라 할 것을 요구하는데 도승이 바라보니 그 바위는 용좌바위로 용궁에 있는 용왕이 1년 한 번씩 정월 대보름날 밖으로 나왔을 때 앉아 쉬는 자리였다. 도승은 크게 놀라 주지승을 만류하지만, 주지승은 그런 도승을 겁이 많다고 얕보면서 단숨에 바위 위에 뛰어 올라가 묘기를 부리기 시작했다.

그때 갑자기 하늘이 어두워지면서 번개가 치고 천둥소리가 찢어질 듯이 들렸다. 그리고는 아무 일 없었다는 듯이 조용해졌다.

---

3) 보은관광(www.tourboeun.go.kr) > 관광명소 > 문화관광 > 보은이야기 > 전설/설화

숨어 있다가 밖으로 나온 도승은 사람과 말이 바위와 함께 벼락을 맞아 새카맣게 타버린 것을 발견한다. 그로부터 세상 사람들이 중이 말 타고 놀다가 벼락을 맞은 바위라 하여 "벼락바위"라 부르게 되었다.[4]

두 이야기는 사라진 절 마전사에 얽힌 일화를 소개하고 있다. 다른 사람의 만류를 뿌리치고 무슨 일인가를 시도했다가 화를 당한 주지승이 공통으로 등장한다. 벌을 받은 주지승은 절의 몰락을 불러왔기에 이 전설들은 불교에 대한 부정적 시선을 고수하고 있는 것처럼 보인다.

그러나 두 전설에서는 모두 공간의 확장이 병행되어 나타난다. 은행나무는 절 밖에도 있고, 벼락바위는 용왕과 관련된다. 그로 인해 절은 속세와 구분되는 탈속 공간으로만 의미가 제한되지 않는다. 공간이 확장되면서 절은 세속 공간 쪽으로 밀려나게 되고, 주지승 역시 청소가 귀찮다거나 자신보다 나은 인물에 불쾌해 하는 등 속물적 인상을 강하게 풍긴다. 하지만, 그 공간에는 주지승을 만류하는 행자승도 있고 도승도 있다.

그래서 이 두 이야기는 탈속과 환속의 경계선에 있을 주지승을 통해 공간의 의미를 찾도록 요구한다. 특정 공간에 속해 있다고 해서 모든 것이 선험적으로 규정되는 것은 아니며, 공간에 의미를 부여하는 주체가 어떤 자격을 가져야 하는가 하는 문제를 불교적 입장에서 전달하고자 하는 것이 마전사 관련 전설의 의의라고 할 수 있다.

충주 광부처 거리 전설도 깊이 생각할 거리를 담고 있는 이야기이다.

---

4) 같은 곳.

▲ 충주 광부처 거리(출처 : 디지털충주문화대전)

〈충주 광부처 거리 전설〉

고려 인종(仁宗) 때, 경기도 양재 땅에 불상 만드는 일을 직업으로 가진 여진이라는 사람이 있었다. 어느 날, 여진은 충주 화암사 주지승으로부터 철로 된 불상 한 구(軀)를 만들어달라는 부탁을 받는다. 주지승은 얼굴이 괴이할 뿐만 아니라 입에서는 악취가 풍겼다. 그렇지만 눈에는 광기가 어려 있었다. 여진은 조불 작업에 몰두하였지만 자꾸만 노승의 광기어린 눈동자가 어리었다. 악몽도 잇달았다. 그렇게 조불 작업을 하는 내내 고통을 받다가, 여진은 조불을 완성하고 끝내 세상을 떠나고 말았다.

이러한 사연을 안은 채 철불은 충주 화암사로 안치되었다. 그런데 이후부터 밤에는 웃는 소리가 법당 전체를 울리고, 낮에는 불상이 옆으로 돌아가 앉는 등 괴변이 일어났다. 신도들의 발길도 끊어졌다. 탁발을 나간 주지승도 돌아오지 않았다. 철불도 행방이 묘연해졌다. 한참 후에야 염바다들 서쪽 풀섶에서 철불을 발견하였는데, 그때부터 충주에 미친 사람들이 날뛰기 시작했다. 이후 '철불이 있던 거리'라는 뜻에서 광부처 거리라는 지명이 생겨나 오늘에 이르고 있다.[5]

예나 지금이나 정신 병력이 있는 사람들은 주변에 공포감을 준다. 그런 맥락으로 이해하자면 이 이야기는 비정상적인 화암사 주지승이 있었고, 그 때문에 철불을 만든 여진은 죽었으며 철불을 만든 후에는 절에 온갖 괴이한 일들이 생겼고, 미친 사람들이 날뛰기 시작했다는 내용을 전하고 있다.

그런데, 이런 의문이 남는다. 왜 주지승은 괴기스러운 모습으로 철불을 만들어 달라고 요구했고, 철불이 나타나면 미친 사람들이 날뛰기 시작했다고 전해지는 이유는 무엇일까?

이야기를 그대로 두고서 이해하기 어렵다면 시간을 뒤집어 보는 것도 필요하다. 철불 때문에 미친 사람이 날뛰었다고 표현했지만 실상은 미친 사람이 날뛰자 그것을 철불 때문이라고 본 것이다. 밤에 법당에 웃는 소리도, 불상이 옆으로 돌아앉은 것도, 주지승이 돌아오지 않은 것도 모두 그런 일이 일어나자 철불 탓으로 돌리려고 한 것이다. 그렇게 거꾸로 올라가다 보면 눈에 광기가 어리고 입에서 악취가 나는 화암사 주지승을 만나게 된다. 따라서 주지승의 모습은 미친 사람에 대해 갖는 공포감이 비추어진 데 지나지 않는다.

다시 시간을 거꾸로 돌려 주지승—철불—미친사람들로 배열하면 사람들이 갖는 공포감의 원인과 실체는 명쾌하게 규명된다. 사실 정

---

5) 김예식・이노영・박찬승 편, ≪충주의 구비문학≫, 충주시, 2002.

신병력의 소유자와 이웃하며 지낸다는 것은 편한 일은 아니다. 모두가 피하고 싶어 한다. 그들 또한 평범하고 편안하게 살 권리를 지니지만 우리는 불편함을 불러올 수도 있다는 이유로 그들을 요양원으로 복지원으로 병원으로 여기저기 흩어서 가두어 둔다. 그렇게 해서 동네는 깨끗하고 살기 좋은 곳이 되었을지 모르지만 그래도 해결되지 않는 불편함은 남아야 한다. <광부처 거리 전설>은 시간이 흐르면 변할 수밖에 없는 철불을 통하여 그런 번뇌를 불교적 시각으로 그리고 있다.

제 4 절

무한한 욕망에 대한 징치 : 영동 복소공 전설

영동 복소공에 전하는 전설도 불교적 내용을 담고 있다. 먼저 어떤 전설인지 살펴보도록 하자.

〈영동 복소공 전설〉

영동에서 서쪽으로 약 7㎞ 정도 떨어진 양강면(楊江面) 만계리 (晚溪里)에는 복소공(伏巢空) 이라는 골짜기가 있다. 골짜기의 지형이 마치 꿩의 머리를 절단한 형태를 이루고 있는데 이 복소공(伏巢空)골짜기에는 만계리에 터를 잡고 살던 김해 김씨 집안과 절과의 원한 관계가 전해져 내려오고 있다.

만계리 마을은 지금으로부터 약 4백여 년 전 김해 김씨가 처음으로 터를 잡고 살기 시작했다. 당시에는 마을이 온통 정자나무와 다래넝쿨로 뒤덮여 있어서 사람들은 이곳을 생활 터전으로 살아볼 엄두조차 내지 못하고 있었다. 그러나 김해 김씨가 들어와서 이곳을 개간하여 지금의 만계리 마을의 터를 닦아 놓게 된 셈인데 마을이 생겨난 뒤 김씨 집안은 재산이 늘었고 자손 중에 큰 부자가 자꾸 생겨났다. 복소공(伏巢空)의 전설은 그러니까 그 자손 중의 한 사람인 김씨와 절과의 원한 관계가 이야기의 골자를 이룬다.

김씨 집안은 대대로 어느 집안 못지않게 부처님을 정성껏 모셔왔다. 자기네 집안이 권세를 부릴 수 있게 된 것도 다 부처님의 덕택으로 여겨 오는 터였다. 그리하여 김씨 집안은 부지런히 절에 시주를 해왔고 스님을 존경하며 절 일을 남달리 도와주었다. 그러던 중 김씨 집안이 불공 해오던 절과 사이가 멀어 지게 되었다.

김씨의 어머니가 병이 들어 시름시름 앓게 되었는데 그때 돈의곡(敦義)과 송림곡(松林谷) 절에서 말하기를 그대들이 열심히 시주를 하면 부처님의 은덕으로 병을 고쳐 주겠다고 장담을 해 왔다. 효성이 지극한 김씨는 재물을 아끼지 않고 시주에 열성을 쏟았다. 그러나 두 절의 스님들이 장담한 것과는 달이 어머니의 병세는 갈수록 악화되었고 급기야는 세상을 떠나고 말았다. 스님들에게 속은 것이라고 판단한 김씨는 두 절의 주지에게 따지고 들었다. 그동안 시주한 재물만도 논밭 몇 천 평이 넘었다 김씨가 따지고 들어도 절의 주지는 눈 하나 까딱하지 않고 오히려 김씨의 지주가 적었다고 나무려 들었다. 김씨가 보다 더 많은 재산을 절에 바치지 않아서 불행한 일이 생겨났다고 큰 소리였다. 비록 김씨들이 시주를 했다 하더라도 김씨의 재산에 비해 볼 때 하찮은 일부분에 불과하다는 것이었다. 김씨는 그러려니 했다. 그러나 가슴 한 구석에는 못 마땅한 생각이 일지 않는 것도 아니었다.

때마침 김씨의 아내가 첫 임신을 했고 날이 갈수록 불러 가는 아내의 배를 보자 김씨는 지나간 일은 접어 두고 다시 두 절에 시주를 하며 산모의 건강과 아들을 낳도록 해 줄 것을 기원했다. 독자인 김씨인지라 아들을 얻어야 하겠으므로 어머니가 편찮으실 때보다 몇 곱절이 되는 재화를 아낌없이 시주했다. 그러나 결과는 오히려 시주 안한 것만도 못한 꼴이 되고 말았다. 아들을 낳기는 커녕 산모가 고통 끝에 배속에든 아이와 함께 죽어 버리는 불행이 일어난 것이다. 사랑하는 아내를 잃은 김씨의 슬픔과 분노는 이루 말할 수가 없었다. 하늘이 내려앉고 땅이 커지는 심정이었다. 두 절의 주지들 소행이 괘심하고 원망스러웠다. 마치 이들이 고의적으로 어머니와 아내를 죽인 것 같은 생각마저 들었다. 더욱 그를 분하게 한 것은 두 절의 중들이 조그만치도 미안해하지 않는다는 점이었다. 그들은 뻔뻔스럽게 태연한 낯으로 계속 부처님께 시주하라고 집으로 찾아오고는 했다. 김씨는 이를 갈며 벼르다가 어느 날 시주하러 온 중의 코를 베어 처마 끝에다 매달아 놓았다. 다음 날 이를 따지러 온 두절의 중 몇 명마저 용서 없이 붙잡아서 코를 잘라 버렸다. 이렇게 처마 끝에 매달아 놓은 중의 코가 예닐곱 개나 되었다. 자연히 두 절과 김씨 집안은 서로 으르렁거리는 사이가 되었고 기회만 있으면 서로 상대방을 해치려고 했다.

그러던 어느 날 중 한 사람이 이런 내막을 아는지 모르는지 기 김씨 집에 시주를 청하러 왔다. 김씨가 하인들을 시켜 중을 붙잡아 오게 한 뒤코를 자르려 하자 그 중은 껄껄 웃으면서 자기는 이 근처에 있는 중이 아니며 또 이곳 두 절의 중과는 앙숙으로 지내는 사이라고 털어놓았다. 그 중은 우연히 이곳을 지나다 김씨 선조들의 산소를 보고 모두 흉과 패의 기운이 뻗친 자리기에 이를 알려주러 들렀노라는 것이었다. 김씨의 어머니와 아내가 돌아간

것도 모두 이 산소 자리 탓이라고 풀이했다 그 말을 듣고 김씨의
귀가 번쩍 뜨였다. 중의 모습을 보니 예사 중이 아닌 것 같아 태도
를 고쳐 정중하게 그 중을 모셨다. 중은 김씨에게 이르기를 동네
안 골짝에 복소공(伏巢空)이라는 곳이 있는데 그 곳에 묘를 쓰면
바로 부귀영화를 누릴뿐더러 자자손손이 행복할 것이라 했다. 지
금의 산소 자리도 옛날에는 흥하고 길한 터였으나 그 기운이 차츰
없어져 이제는 흉과 패의 자리로 바뀐 것이니 하루 속히 묘자리를
옮기도록 하였다. 다만 복소공에 묘를 쓰려면 그 곳의 지세가 꿩
의 머리에 해당되는 곳이므로 목 부분을 잘라내야만 부귀영화를
누릴 수 있다고 일러주고 나서 중은 시주도 받지 않고 사라져 버
렸다.

　김씨는 그날 하인들을 총 동원하여 선조들의 묘를 복소공으로
옮겼다. 이를 마치고 나서 중의 말에 따라 꿩의 목 부분에 해당하
는 지점을 파헤쳐 보았다. 그러자 그 곳에서 갑자기 시뻘건 피가
솟아 흘러나와 삽시간에 내를 이루었다. 마치 살아있는 꿩의 목을
잘랐을 때처럼 피가 나왔던 것이다. 김씨는 크게 놀라 곧장 집으
로 돌아와서 몸져누워 버렸다 그리고 며칠 후 그는 숨을 거두어
버리고 말았다. 급격히 집안 형편이 기울기 시작하더니 죽은 김씨
집안은 아주 패하고 말았다. 지금도 복소공 골짜기를 보면 지형이
꿩 목을 절단한 형태가 남아 있고 지적도상으로도 주위는 전부 임
야인데 하천으로 구분되어 있어 전설의 흔적을 남기고 있다.[6]

　독실한 믿음을 지녔던 김부자는 가정에 불행한 일이 이어지자 승
려들의 코를 베어버리는 해꼬지를 결행한다. 시주한 재물이 적어 정

---

6) 영동군(http://yd21.net) > 알기쉬운 영동 > 영동의마을 > 영동의 전설.

성이 부족했기 때문이라는 승려들의 말은 결과적으로는 거짓이었음이 확인되어 김부자의 그런 행위가 나름대로 이유 있다고 생각할 수 있다. 그런데, 이번에는 동냥을 하러 왔던 중이 김부자에게 묘를 써서는 안 되는 땅에 조상의 묘를 이장할 것을 권한다. 결국 동냥승의 말을 따른 김부자는 꿩 모양의 지형에서 목 부분에 해당하는 땅을 파헤친 후 동티가 나서 죽게 된다.

이 같은 내용을 보면, 이 전설은 중들과 김부자의 대결구도가 근간을 이루는 것처럼 보인다. 그러나 이 대결에서는 승자가 없다. 마을 근처의 중들이나 동냥을 하러 왔던 중은 승자라고 보기 어렵다. 그들은 결국 김부자를 이용하기 위해 거짓말을 한 셈이므로 설사 김씨가 벌을 받았다고 해도 자신들이 입은 상처 또한 적지 않다. 어떤 점에서는 불교에 대한 비판적 시각이 담겨 있다고도 할 수 있다. 그렇다고 해서 김부자가 대결에서 이겼다고 하기는 더더욱 어렵다. 많은 시주를 하고도 가족 모두를 잃은데다가 자신마저도 동티가 나서 죽게 되기 때문이다. 김부자는 승리자가 아니라 오히려 일련의 사건에서 최대의 피해자인 셈이다. 대결은 있지만 승리자가 없는 복소공 전설에는 그래서 대립구도만으로는 이해할 수 없는 간단치 않은 의미가 담겨 있다고 할 수 있다. 이제 그 의미를 찾아보기로 한다.

사람들은 화합을 소리 높여 외치지만, 주변을 둘러보면 온갖 대결이 난무한다. 사고와 행동을 지배하는 더 커다란 부분은 화합보다 대결인 것처럼 보인다. 정치권에서는 여야가 대결하고 이념으로는 진보와 보수가 대결하며, 경제적으로는 부자와 빈자가 대결하고, 국제적으로는 미국을 주축으로 한 서양 국가들과 이슬람권 국가들이 대결의 모양새를 취한다. 모든 대결의 당사자는 각자 명분을 가지고 있다. 미국은 세계 평화를 내세우고, 이슬람권 국가에서는 자주권을 내세우는 식이다. 그래서 대결이 펼쳐지면 평화를 위해 전쟁을 감행하고, 자주권을 위해 자국민은 물론 외국인에게 무차별적인 테러를 시도한다.

이처럼 우리 주변에서 쉽게 접할 수 있는 대결이나 그와 관련한 소식들은 사람들로 하여금 대결의 성패에 주목하게 만든다. 하지만, 명분이 전혀 의미 없는 것은 아니며, 대결의 당사자가 누구인가 하는 점도 그에 못지않게 중요하다. 당사자 주변에 누가 머무르고 있는가 하는 것도 중요하다. 예컨대, 서양 국가와 이슬람권 국가의 대결에서는 그 주변에 이스라엘의 존재를 무시할 수 없다. 우리나라에서 보수와 진보의 견해 차이가 건전한 것임에도 불구하고 때로는 북한이라는 또 다른 존재 때문에 간혹 왜곡되는 것도 같은 맥락으로 바라볼 수 있다.

<복소공 전설>로 다시 돌아가 보자. 이 이야기에서 중요한 것은 평상시 전혀 문제가 없었던 김부자의 행동이다. 그는 재산을 늘려가고 권세 또한 얻으며 그것이 부처님의 덕이라고 생각한다. 그런데 문제 상황에 직면하자 '부처님의 덕'이라는 평소 생각에 의심을 품게 된다. 그 상황은 다름아닌 어머니의 죽음이다. 부처와 어머니의 죽음 사이에 인과관계를 찾을 수 없음에도 불구하고 그는 속았다는 생각을 갖게 된다. 김부자의 신앙심은 흔들리기 시작하고, 여기서 우리는 그의 신앙심이란 것이 '금시발복(今時發福)', 즉 시주를 하고 이내 복이 돌아와 부귀를 누리게 해달라는 요구 이상도 이하도 아니었음을

알 수 있다.

이야기 속에 등장하는 중들은 김부자가 지닌 그러한 신앙심의 정체를 드러내는 역할을 한다. 따라서 이야기에서 이들은 보조적 인물일 뿐이고, 애초 대결처럼 보였던 장면은 김부자가 지닌 욕망을 토로하는 과정에 지나지 않는다.

욕망은 무한하게 성장한다는 특성을 지닌다. 다른 성향의 욕망과 충돌하거나 특수한 변인에 의해 절제되지 않는 한 파국을 초래하는 것은 불가피하다. 신앙에 대한 확신을 스스로 갖지 못한 김부자는 어머니의 죽음을 계기로 충돌하고, 아내의 죽음을 계기로 다시 충돌하며, 낯선 중의 출현에 대해 끝내 의심의 눈길을 거두지 않는다. 그러나, 그때마다 자신에게 이익이라고 생각되는 선택을 하게 되고, 그 선택은 무자비한 것이라는 인상을 준다. 하고많은 일 가운데 중들의 코를 베고, 그것도 모자라서 자른 코를 처마 끝에 매다는 행동은 한편으로는 반발심의 크기를 보여주지만, 다른 한편으로는 김부자의 빗나간 욕망의 정도를 확인시켜 준다.

새로운 중이 등장하고, 그의 말에 김부자가 속는 장면은 김부자의 거부감이 결국은 불교 때문이 아니라 자신이 바친 재산 때문이었음을 알게 해준다. 복을 받을 수 있다는 말에 원수 보듯 하던 중의 말을 다시 신뢰하고, 꿩의 머리를 자르는 일에 비유되는 꺼림칙한 일도 복을 받는다는 말에 쉽게 결행하는 김부자는 결국 그의 무한한 욕망에 사로잡혀 파국을 맞게 되는 것이다.

<복소공 전설>처럼 강렬한 인상을 주는 이야기는 아니지만, 대청호 옆에 자리한 <청원 현암사 쌀구멍 전설>도 불교적 입장에서 인

간의 욕망을 문제삼고 있다는 점에서 비슷한 메시지를 전하고 있다.

현암사가 자리한 구룡산은 청원군 현도면 하석리와 문의면 덕유리의 경계를 이루고 있다. 절은 통칭 현암사(懸岩寺)라고 하지만 속칭으로는 '다람절[懸岩寺]'로 널리 알려져 있다.

고려 광종 대에 이곳에 화진법사(華眞法師)가 주지로 있었을 때였다. 어느해 겨울 폭설로 인근 마을 사람들은 물론 짐승들도 먹이가 떨어져 죽어가는 상황이었는데, 더더구나 산 중턱에 자리잡은 다람절의 사정은 더욱 각박하였다. 마침내 밥을 먹지 못한 채 5일이 되자 사미승은 쓰러졌고 화진법사도 의식을 잃었다. 그런데 갑자기 은은한 목소리가 법당을 울리며, "법사는 산신각 뒤에 있는 바위문을 열고 공양미를 얻도록 하라."는 부처님의 목소리가 들려왔다.

화진 스님이 기운을 차리고 그 곳으로 가보니 과연 바위 구멍에서 쌀이 흘러 나왔다. 쌀은 지극히 느린 속도로 한 사람이 먹을 수 있을 양만큼만 나오고는 중단되곤 했다. 이에 화진 스님과 사미승은 굶주림에서 벗어나 목숨을 부지할 수 있었고, 쌀구멍에서 받아낸 것으로 마을 사람들도 살려 내었다. 그런데 사미승은 쌀을 받을 때마다 지루하고 조바심이 나서 항상 불안하였다.

그러던 어느 해 10여 명의 수행승 일행이 청주 고을을 지나다 이곳 현암사에 찾아 들게 되었다. 주지승은 반가이 맞으며 사미승에게 공양을 올리도록 했는데, 사미승은 10명의 몫을 받고 있자니 지루하게 생각되었다. 그래서 쌀구멍을 쑤셔내면 좀 더 많이, 그리고 빨리 나올 것으로 여기고 부지깽이로 쌀 구멍을 쑤셨더니 갑자기 구멍에서 쌀타는 냄새와 함께 검게 타버린 몇 알의 쌀이 나오고는 이내 아무 것도 나오지 않았다. 그 뒤로는 쌀 대신 바람만 나

온다는 '다람절 풍혈(風穴)' 이야기가 전해 오고 있다.[7]

쌀구멍을 소재로 한 전설은 ≪동국여지승람≫ 등에 전해지고 있으며, 전국적으로 전승되는 설화의 하나이다. 전남 진도군 상굴암 암자터, 경남 창녕군 도천면 어만리 절터, 충남 부여군 미암사와 공주시 미암사, 울산광역시 울주군 석남사 등에도 비슷한 전설이 전해 온다. 어느 경우나 더많은 쌀을 얻고자 하는 욕심에 쌀구멍을 건드린 후 더이상 쌀이 나오지 않게 되었다는 내용은 대동소이하다. 다만, 쌀구멍에서 나오는 쌀의 양이 얼마나 되는가, 누가 쌀구멍을 건드렸는가, 그 이유는 무엇인가에 따라 조금씩 차이가 발견된다.

상굴암 암자터와 어만리 절터의 전설은 쌀의 양이 한두 사람 몫으로 한정되어 있고 이에 불만을 가진 노승이나 상좌가 쌀구멍을 쑤셔 더 이상 쌀이 나오지 않게 되었다고 전한다. 이곳들에서는 쌀구멍의 기능이 사라진 것은 물론 암자나 절의 폐쇄로까지 결말이 이어진다.

부여 미암사와 공주 미암사 전설에서는 쌀구멍을 건드리는 인물이 절 바깥에서 찾아온 인물로 바뀌어서 이야기가 전한다. 부여의 경우에는 할머니 신도의 욕심이 화를 부르며, 공주의 경우에는 새로 온 비구니가 큰 부자가 될 욕심에 쌀구멍을 건드려 더 이상 쌀이 나오지 않게 된다. 그래서 쌀구멍은 망가졌지만 절은 남아있게 된다.

울주군 석남사 전설은 이 두 가지 유형의 중간에 속한다. 쌀구멍을 건드린 인물은 절 안에 살고 있는 수도승이지만 욕심이 화를 불렀다는 생각에 더욱 불도에 정진하였다고 함으로써 쌀구멍 사건을

---

7) 대한불교진흥원(http://kbpf.org) > 한국의 사찰 > 현암사.

불교적 메시지로 확실하게 마무리하고 있다.

청원 현암사 전설은 또 다른 의미에서 중간형에 속한다. 여기서는 쌀의 양이 제한되지 않는다. 다만, 쌀이 나오는 속도가 더뎌서 이를 조급하게 여긴 상좌승이 쌀구멍을 건드린다. 그 때문에 더 이상 쌀은 나오지 않게 되었지만, 절에는 이익도 손해도 없는 과거의 상태로 회귀할 뿐이다.

사찰 관련 전설에 나오는 쌀구멍은 속세에서의 화수분에 견줄 수 있다. 어떤 물건이든지 넣어두기만 하면 끝도 없이 나오는 것이 화수분이기 때문이다. 그러나 쌀구멍은 쌀의 양이나 쌀이 나오는 속도가 제한적인 데 반해 화수분은 제한이 없다. 이런 특성으로 인해 화수분은 설화에서 착한 사람들에게 제공되는 보상의 형태로 나타난다. 또 <소설 화수분>에서처럼 비참한 생활을 보여주기 위한 반어적 용어로 활용되기도 한다. 이와 달리 쌀구멍은 최소한의 생존을 위한 수단으로 그 크기가 제한되어 있다. 절과 쌀구멍의 연결은 '무욕'(無慾)을 강조하는 불교적 특성이 엿보이고, 도를 닦는 일에만 전념할 수 있게 하려는 배려로도 볼 수 있다. 그런 배려를 자신의 욕망을 채우는 수단으로 이용하고, 제한된 욕망을 넘어서려고 할 때 어떤 문제가 발생하는지를 <쌀구멍 전설>은 잘 보여주고 있다.

승려들이 만나 절 자랑을 하다가 헤어진다는 이야기 또한 욕망의 크기와 관련된 전설이다.

제 5 장

신분 이야기

제1절

명품과 재벌

　우리나라 사람들이 유별나게 명품을 찾는다는 사실은 많은 사람들이 지적하고 있다. 명품은 곧 비싼 상품이라는 생각에서 명품은 과소비의 주범으로 지목되기도 하고 외화 낭비의 큰 원인으로 거론되기도 한다. 그렇다고 해서 명품에 대한 사회적 관심이 줄어드는 것 같지는 않다. 오히려 명품 소비는 확산되고, 명품에 대한 정보는 더 많이 제공되며, 아파트 분양 광고 문안에서처럼 '명품'과 관련 없는 곳에서도 쉽게 그 표현을 찾아볼 수 있다. 한 신문 기사는 이와 관련한 실태를 다음과 같이 전하고 있다.

　　2006년 이후 한국 명품시장은 해마다 12%씩 성장해 작년 45억 달러 규모가 됐으며, 올 들어서도 4월까지 백화점 명품 소비가 지난해 같은 기간보다 30% 증가하는 등 급성장하고 있다고 평가했다. 이에 따라 한국의 가계소득에서 명품소비가 차지하는 비중은 5%로 일본의 4%를 넘어섰다고 분석했다.
　　명품소비가 일상화하면서 한국 소비자들은 점점 까다로워지고 있다. 조사 대상자 중 26%, '명품홀릭'(연 명품소비 1000만원 이상) 중 39%는 '일반사람들과 비교해 나 자신을 돋보이게 할 수 있는 명품 브랜드를 점점 더 선호한다'는 문항에 동의했다.[1]

사람들이 명품을 선호하는 이유는, 위의 기사에서 언급한 '자신을 돋보이게 하려는 의도' 외에도 여러 가지일 것이다. 상품이 튼튼하고 좋다는 실용적 측면을 내세우는 사람도 있고, 자신에게 어울린다는 감성적 측면을 꼽는 사람도 있을 수 있다. 그러나, 이런 이유들이 우리나라 사람들에게만 해당되지는 않는다. 외국 사람들도 똑같은 이유로 명품을 구매할 수 있다. 그래서, 우리의 명품 소비가 급증하고, 비싼 상품이 편의점에서 명품이라는 이름으로 팔리기도 하는 현재의 상황은 분명 문제가 있어 보인다.

명품 소비 못지않게 관심을 끄는 일이 명품에 대해 사람들이 보이는 태도이다. 명품을 구입하기 위해 해외로 나가고 명품을 취미로 모으기도 하는 사람들은 대체로 곱지 않은 시선을 만나야 한다. 사회를 고발하는 성격이 짙은 뉴스에서 명품이 단골 메뉴가 되는 것은 그런 시선이 배후에서 응원하기 때문이다.

한편에서는 명품을 구입하려 애쓰고, 다른 쪽에서는 그에 대해 끊임없이 문제를 제기하고 시정을 요구하는 상황이 현재 우리가 보여주는 모습이다. 그렇다고 명품을 가까이 하는 사람들과 그것을 멀리해야 한다는 사람들이 확연히 나뉘는 것도 아니다. 마치, 한 곳에서는 명품을 광고하고, 다른 곳에서는 명품 회사나 소비자를 비판하는

---

1) 《세계일보》, 2011.8.31.

언론처럼 우리 사회는 명품에 대해 다소 모호한 태도를 취한다. 도 대체 명품과 관련한 이런 태도는 어디에 연원을 두고 있는 것일까? 비슷한 사례로 재벌을 바라보는 시선이 있다. 기업집단을 일컫는 공식적인 용어는 아니지만 재벌이라 불리는 기업을 우리는 사회 곳 곳에서 만나게 된다. 자동차, 보험, 컴퓨터 그리고 장보기에 이르기 까지 재벌 기업은 곳곳에 포진해 있다. 대학교에서도 재벌의 이름을 붙인 큰 건물을 찾기가 어렵지 않다. 그러면서도 재벌을 대하는 시 선이 곱지만은 않다. 외국인의 눈에 이런 현상이 어떻게 비치는지를 다음 기사는 전하고 있다.

미국 뉴욕 타임스의 해외판 신문인 인터내셔널 헤럴드 트리뷴 (IHT)이 14일자에서 쓴 한국 재벌에 대한 평가다. IHT는 이날 "외 국에서 존경받는 한국의 대기업이 국내에선 빈부격차가 심해지며 비난에 직면하고 있다"고 보도했다. 다음은 IHT의 보도 요지.

삼성 · 현대 · LG 등 이른바 '재벌' 기업들은 자동차 · 휴대전 화 · 신용카드 등을 앞세워 국내 시장에서 독보적 지위를 누려 왔 다. 한국 수출물량의 70%, 국내총생산(GDP)의 절반 이상이 이들 차지다. 재벌들은 해외시장에서도 조선과 반도체 분야 등에서 역 사적 라이벌인 일본을 제치며 선전하고 있다. 하지만 최근엔 과도 한 사업 확장으로 중소기업의 영역을 침범하고 물류나 광고 등의 일감을 계열사에 몰아주는 경영 방식으로 비난의 대상이 되고 있 다.[2]

---

2) <"한국 재벌, 외국선 존경 받는데 국내선 공공의 적으로 몰려">, ≪중앙일보≫, 2011.9.15.

외국에서 우리 대기업을 바라보는 시선은 어떻다고 단정할 수 없지만 적어도 국내에서 재벌에 대한 부정적 소식을 접하는 것은 매우 흔한 일이다. 외국인들의 생각이 우리와 다르다고 해서 부정적 생각을 갖고 있는 우리나라 사람들에게만 문제가 있다고 보기는 어렵다. 많은 사람들은 여전히 대기업의 상품을 선호하고, 대기업에 취직하기를 원하며 대기업에 속한 누군가로 살아간다. 대기업은 그런 사람들이 있었기 때문에 성장할 수 있었다. 여기서도 대기업의 성장에 기여하는 사람들과 대기업을 부정적으로 생각하는 사람들이 두 편으로 나뉘는 것 같지는 않다.

명품에 대한 태도와 대기업을 대하는 방식의 배후에는 중세사회의 신분의식이라는 중요한 문제가 버티고 있다. 조선의 신분제도는 공식적으로 1894년 갑오경장을 통해 폐지의 절차를 밟아 나갔다. 그러나 제도의 폐지는 사람들의 급격한 의식 변화를 이끌어내지 못하였다. 신분에 차이는 없지만 신분의식은 이전의 구태가 남은 시간이 한동안 지속되게 하였다.

신분 의식과 신분을 대하는 태도를 말끔하게 정리하지 못한 우리의 역사적 경험은 사람들에게 신분에 대한 생각을 각자 안고 가도록 만들었다. 그 결과는 차이를 인정하지 않거나 차별을 용납하지 않는 사회적 분위기로 나타났다.

민주 사회에서 중요하게 여기는 두 가지 가치는 자유와 평등이다. 둘 다 훼손되어서는 안 되는 소중한 가치이지만, 사람들은 평등과 관련된 사안에 좀 더 민감하게 반응한다. 모두가 평등해야 한다는 생각을 중시하는 것은 신분에 대한 기억이 남아 있기 때문으로 보인다.

명품은 그 빈자리를 메우는 보상의 성격이 짙다. 명품을 소유하는 순간 외견상 신분에 버금가는 의미가 부여되는 것이다. 그래서 한편에 선 보상일 수 있는 것이 다른 편에는 과시로 비쳐지게 되는 것이다.

물론 명품은 누구나 소유할 수 있도록 개방되어 있다. 그 점에서 배타적인 신분과는 차이가 있다. 그렇지만 대다수가 소유할 수 있는 것은 명품은 아니며 그럴 필요도 없다. 다수가 소유한다면 명품의 함의는 달라지기 때문이다.

재벌을 대하는 시선 역시 신분과 무관하지 않다. 경제 행위는 신분에 따른 차별을 전제로 하지 않는다. 양반이라고 해서 물건을 싸게 살 수 있는 것은 아니며, 천민이라고 해서 사면 안될 물건이 있지도 않다. 재벌은 그런 경제 행위를 맨 앞에서 이끌고 간다. 그런데, 내부적으로는 물론 외부와의 관계에서도 대기업은 언뜻언뜻 신분에 대한 기억을 환기시킨다. 실상은, 대기업의 현재가 자본의 위력 때문에 가능하게 되었지만 차별을 불편해 하는 시선은 여전히 많은 사람들의 생각을 지배한다.

우리 사회에서 신분은 이처럼 민감성이 매우 큰 사안이다. 전설에서는 그런 민감성 때문인지 신분 문제를 기대만큼 사실적으로 보여주지 않는다. 신분을 주요 모티프로 한 전설의 숫자도 많지 않다. 그러한 점을 염두에 두고 신분을 다룬 전설을 살펴보기로 하자.

제 2 절

배타적 신분관이 초래한 비극
: 옥천 정방리 장수우물

옥천군 안내면에는 장수우물이 있었다고 전한다. 우물은 도로공사를 하면서 메꾸어져 흔적이 사라졌다고 하지만 전설은 남아 신분에 대한 생각의 단서를 제공한다.

〈옥천 정방리 장수우물〉

안내면 서대리에 겁 많은 부자가 살고 있었다. 그 집에는 머슴이 몇 있었는데 그 중에서 능쇠(陵劍)란 힘센 총각이 있었다. 능쇠는 어찌나 힘이 센지 보통 장정 다섯의 힘보다 더 셀 뿐만 아니라, 커다란 생나무를 손으로 뽑고, 황소를 안아 들며, 모든 행동이 과감해서 거칠 것이 없었다. 능쇠의 주인은 능쇠가 힘이 세어 일을 도맡아서 하기 때문에 좋기는 하지만, 한편 겁을 먹기 시작했다.

"저렇게 힘이 센 능쇠가 만약 내게 어떤 원한을 가지고 덤벼든다면, 영락없이 죽게 될 것이다" 하는 은근한 피해의식을 가지고 있었던 것이다.

이 겁 많은 주인은 능쇠의 억센 힘을 값지게 쓰도록 해주었으면 좋으련만 그렇지 못하고, 항상 겁을 내고 있었다. 그러니 능쇠에게도 호감을 살 수 없어 주인과 머슴 사이가 차츰 벌어지게 되었다.

그러던 어느 날, 주인은 능쇠에게 독한 술을 많이 권하여 마시게 했다. 주인의 음흉한 음모가 숨겨져 있는 것도 모르고 능쇠는 주는 대로 많은 술을 마시고 취해서 깊은 잠에 빠지고 말았다. 이 때 주인은, 튼튼한 밧줄로 능쇠를 단단히 묶은 뒤에 커다란 돌멩이를 매달아, 앞산 밀개봉 밑에 있는 커다란 연못에 산채로 집어 던져 버렸다. 능쇠로서는 원통하기 짝이 없는 일이었으며, 다만 힘이 세다는 이유만으로 산채로 수장을 당했으니 그 원한이 얼마나 컸으랴?

그 뒤, 어른 아이 할 것 없이 이 연못가에서 "능쇠야!" 하고 부르면 그 연못 가운데에서 물방울이 뿌글뿌글 솟아오르는 것이었다. 능쇠가 하도 원통히 죽어서 나오는 물방울이라고도 하고, 또 워낙 힘이 세기 때문에 지금까지 그 넋이 죽지 않고 있어서, 제 이름을 "능쇠야!" 하고 부르면 불끈 힘을 쓰면서 대답하기 때문에 물방울이 솟아오른다고 한다.[3]

겁많은 주인은 신분을 배타적 차별의 수단으로 생각한 전형적인 인물이다. 신분사회에서 주인과 하인의 자리는 이미 정해져 있다. 주인의 자리에 있는 사람이 그 구분을 불신한다면 제도는 더 이상 지

---

3) 옥천군 안내면(www.oc.go.kr/html/dong_04) > 우리마을 자랑 > 고을설화탐방.

탱되기 어렵다. 결국 둘 사이에 신분을 가르는 경계선은 없어졌지만, 하인 능쇠는 목숨을 잃었고, 주인은 멀쩡한 하인 하나를 잃었다. 모두에게 해로운 비극적 결과가 만들어진 것이다. 물론 더 큰 비극은 능쇠가 맞아야 했다.

이 전설은 주인이 어떻게 되었는지는 설명하지 않고 있다. 그래서 주인이 속해 있는 집단의 위력을 앞에서는 과시하는 인상을 준다. 그러면서도 뒤에서는 능쇠의 힘과 원한을 이야기한다. 이야기를 듣는 사람은 의미를 스스로 선택해야 이해가 가능한 상황에 놓인다. 이는 다룬 주제가 신분이기 때문에 주제를 명확하게 적시하지 않고 이야기의 방향을 모호하게 흐려놓은 것으로 이해할 수 있다. 신분 개념이 관여하는 한 선명한 의미는 부작용을 불러일으킬 수도 있기 때문이다.

상하관계의 재확인 : 보은 피발령과 오리대감

제도를 불신하지 않는 한 신분의 틀은 공고히 유지되고, 신분에 관심을 둔 전설들은 대개 그런 결말을 취한다. 이준경 대감이 사람을 알아보는 능력이 있어 종의 딸과 거지를 결혼시킴으로써 화를 피할 수 있었다는 설화나 신립 장군이, 자기 주인에게 해코지한 하인을 혼내주었다는 설화등은 상하관계를 소재로 삼으면서도 상하의 분의를 잃지 않고 있다. 다음 전설 역시 마찬가지이다.

〈보은 피발령과 오리대감〉

청주에서 회인을 경유하여 보은으로 오는 국도에 청원군과 보은군계에 "피발령"이란 높은 고개에 있고 회인면과 수한면계에 "수리티재"가 있는데 이 두 고개의 이름이 붙게된 데에 오리대감과 관련된 전설이 있다. 오리대감(梧里大監)이란 조선 선조임금 때부터 인조임금에 이르기까지 세분의 임금을 영의정(領議政-국무총리)으로 보필한 이원익(李元翼)선생으로 그는 키가 남달리 작은 분으로도 유명한 분이다.

(……) 그 분이 경주목사(慶州牧使-시장)가 되어 부임길에 올랐다. 서울에서 청주에 도착하니 경주호장(戶長-지방관서의 우두머리 관리)이 사인교(四人轎-네 사람이 메는 가마)를 가지고 마중을 나와 있었다. 신임사또인 오리대감은 그때부터 사인교를 타고 임지인 경주를 향하게 되었다. 그런데 그때는 음력 6월로서 여간 더운 날이 아니어서 걷기조차 힘들었는데 가마를 메고 가자니 그 고통이란 말할 수 없었고 호장은 호장대로 옷이 비에 젖은 것처럼 땀에 젖어 걷기조차 힘들었다. 청주에서 떠난 지 한나절쯤 걸어가니 크고 험한 고개가 나타났다. 평지를 걸어도 죽을 지경인데 가마를 메고 한낮에 고개를 넘을 가마꾼도 가마꾼이지만 호장이 사또를 보니 키는 겨우 난쟁이를 면한 작은 키에 가마 위에서 천천히 부채질을 하면서 좌우에 산천을 둘러보며 거드럭거리고 있는지라 저 키 작은 사또의 지혜를 시험해 보고 한번 골려줄 생각이 났다.

호장은 고개 밑에 이르자 가마를 멈추게 한 뒤 사또 앞에 나아가 허리를 굽힌 후 "사또 이 고개는 삼남지방에서 제일 높은 고개이온데 만약 이 고개를 가마를 타시고 넘을 경우에는 가마꾼들이 피곤하여 회인 가서 3~4일 유숙하여야 합니다." 하니 "하루속히 당도하여 밀린 업무를 처리해야 할 형편인데 도중에 지체할 수야 있느냐? 내 걸어서 고개를 넘을 것이다" 하고 성큼성큼 고개를 걸어 넘다 보니 호장이 히죽히죽 웃으며 따라 오고 있었다. 그제서야 호장의 장난을 알아차린 오리대감은 속으로(이런 못된 놈이 있나?) 하고는 걸음을 멈춘 뒤 따라오는 호장을 향하여 "여봐라! 너와 나는 신분이 다르거늘 내가 걷는데 어찌 너도 걷는단 말이냐? 내가 걸으면 너는 마땅히 기어서 넘어야 하느니라." 사또의 지엄한 명령에 호장은 양손과 무릎을 발로 삼아 험난한 고개를 기어서 오를 수 밖에 없었다. 고갯마루에 올라와 보니 호장의 손바닥과 무릎에는 온통 피가 나와서 차마 볼 수 없었다고 하며 호장은 자신의 잘못을 깊이 뉘우치게 되었다.

회인에서 하루를 쉬고 이튿날 보은으로 오는 도중에 다시 험한 고개에 닿았고 호장이 또 이 고개를 걸어서 넘으라고 하면 다시 기어오르라 할 것이 무서워 나무를 베어서 수레를 만들도록 한 후 수레위에 사인교를 태운 후 고개를 넘었다고 한다. 그 뒤부터 "피발"이 되어 넘었다 하여 "피발령", 수레로 넘었으므로 "수리티재"라고 불렀으며 한문 쓰기를 좋아하는 사람들에 의하여 피발령은 피반령(皮盤嶺)으로, 수리티재는 차령(車嶺)이라 표기하였으므로 오늘날까지 전해오고 있다는 것이다.4)

오리대감 이원익은 전설에 자주 등장하는 역사 인물이다. 피발령 전설에서 그는 자신을 골려 준 호장에게 되갚음을 한다. 그렇게 해서 호장에게 자신의 본분을 지키도록 하고 나아가 상전을 위해 최선을 다하도록 한다. 말 한마디로 호장에게 그런 변화가 나타나도록 했으니 오리대감의 지혜가 돋보이지 않을 수 없다.

그런데, 상하관계를 떠나면 오리대감과 호장은 사실 내기를 한 것이나 다름없다. 그런데 그 내기가 신분 때문에 공평할 수 없다. 호장은 오리대감을 속였지만 오리대감은 호장을 속인 것이 아니라 신분을 내세워 고개를 기어오르도록 명령한 것이기 때문이다. 오리대감

---

4) 보은관광(www.tourboeun.go.kr) > 관광명소 > 문화관광 > 보은이야기 > 전설/설화. 피반령은 명나라 장수 이여송이 산천의 정기를 없애려고 산허리를 끊어 피가 흐른 곳이라는 전설도 함께 소개되어 있다.

의 선의가 널리 알려져 있기 때문에 전설에서는 그에 대해 특별한 이의를 제기하지 않는다.

그렇다고 해도 호장의 변화는 과장된 것일 수 있다. 호장이 기계처럼 반응했던 것은 그가 상하 관계의 아래 자리에 있기 때문이다. 그런데 이와 비슷한 사고를 현대 사회에서도 목격할 수 있다. 모두가 오리대감이 되어 호장을 바꾸려고 하고 그 구체적 방안을 모색한다. 벌을 내릴 처지도 아니고 고개를 기어오르게 명령할 수도 없으니 쉽게 선택하는 방법이 컴퓨터에 문제가 있을 때 부팅(booting)하는 것처럼 처음부터 새로 시작하도록 지시하는 것이다. 그렇게 해서 일이 새로 시작되면 그 일이 중요하다고 인식하게 하는 부수적 효과도 생겨난다. 그래서 사람을 컴퓨터처럼 자주 부팅하려고 애쓴다. 지속보다는 변화에 관심을 두고 내용보다 형식에 치중해서, 오리대감과 같은 자리에 도달할 수 있다고 착각하는 사람들이 많다.

제 6 장

임경업 이야기

역사 인물 임경업에 대한 관심

역사영웅소설 <임경업전>은 고전소설 가운데서도 독특한 면모를 지닌 작품이다. 영웅의 일생을 기본 구도로 하면서도 주인공의 성장 과정이나 비극적 종말이 일반 영웅소설의 그것과 다르고, 현실적 사건에서 취재를 했다는 점에서 역사 인물이 등장하는 <최치원전>이나 <전우치전> 등의 지향과도 차이가 남은 물론 동일한 사건을 골간으로 삼은 <박씨전>과 비교해도 차별성이 뚜렷하다.[1] 한국과 중국의 역사적 인물을 대상으로 한 실기류 소설들이 고전소설 가운데 없는 것은 아니지만 그것들이 대체로 구활자본의 출현 시기에 집중적으로 나타난다는 점을 감안해도 그보다 앞선 시기에 널리 읽혔던 <임경업전>[2]이 여러모로 예외적인 경우에 속하는 것만은 분명하다.

이처럼 일반적인 영웅소설과 성향이 다른 <임경업전>이 일찍 출

---

1) 이윤석, 『임경업전 연구』, 정음사, 1985. pp.163~170 참조.
2) 박지원(1737~1805)의 『열하일기』에 "임장군전이 구송(口誦)되었다"는 표현이 있고, 18세기 후반의 자료인 『상서기문』에도 <林將軍忠烈傳>이 거명되어 있다. 한편, 이창헌은 판본 대비를 통하여 경판 방각본 <임경업전>의 출현 시기를 1780년으로 추정하고 있다(이창헌, 『경판 방각소설 판본 연구』, 태학사, 2000, pp.237~8).

현할 수 있었던 것은 무엇보다 실존인물 임경업 장군의 삶이 가지는 독특한 면모 때문일 것이다. 거듭되는 전란을 거쳤음에도 불구하고 집권층 내부의 정치적 다툼은 끊이지 않고, 장수의 활약은 보이지 않는 상황에서 무장 임경업의 삶과 비극적 종말 그리고 병자호란이 남긴 정신적 상처 등이 더해져 임경업에 대한 관심은 점점 높아졌을 것으로 보인다. 그 결과 임경업을 주인공으로 한 설화가 적지 않게 전승되고, 전기 혹은 그와 유사한 글들이 거듭 쓰여지고 소설화 또한 시도되었을 것으로 추정된다.

따라서, 소설 <임경업전>은 태생적으로 역사적 사실에 상당 부분 의존할 수밖에 없었다고 하겠는데 이는 달리 보면 임경업이 자의식이 뚜렷한 인물로 각인되고 그의 삶 자체가 고난과 시련의 연속으로 이어져 문학작품의 소재가 되기에 충분했음을 뜻하기도 한다. <임경업전>의 가장 큰 특장점은 바로 거기에 있다.

전설의 역사 수용

소설 <임경업전>과 관련해서 가장 주목할 만한 사건은 종로 저 자거리에서 소설을 낭독하던 이가 살해당한 일이다.[3] <임경업전>이 갖고 있는 통속성과 그에 대한 독자들의 적극적인 관심을 확인할 수 있기 때문이다. 그렇다면 소설이 대두하기 전 전설 속에 그려진 임경업 장군의 모습은 어떤 것이었을까? 비교의 편의를 위하여 임경업 장군의 생애 주요 사건을 먼저 정리해 보기로 한다. 전설이 일생 가운데 어떤 부면에 관심을 갖고 있는지를 알기 위해서는 사전 정보가 필요하기 때문이다.

임경업의 생애에 대해서는 실기 외에도 몇 편의 전(傳)이 전한다. 이들 사이에 내용상 다소 차이가 있기는 하지만 실기가 보다 공식적인 기록인 탓에 일단은 이를 근거로 정리한 임경업 장군의 삶의 궤적은 다음과 같다.

---

[3] 이복규, <최근에 이루어진 고전산문 분야의 문헌학적 성과들에 대하여>, 《한국 문학논총》 26집, 2000, pp.21~3.

〈임경업의 생애〉

① 1594년 충주에서 출생함.

② 정묘호란 때 출전했다 강화가 맺어짐으로 인해 귀환함.

③ 병자호란 때 의주부윤으로 있으면서 백마산성을 수비하고, 공격 지연작전을 폄.

④ 신헐을 중국에 밀파함.

⑤ 청나라가 금 주위를 공격할 때 출전하여 거짓으로 싸움.

⑥ 신헐을 밀파한 일이 탄로나 압송 중 탈출하여 양주 회암사에 은신하였다가 중국으로 탈출함.

⑦ 황종예의 도망으로 마홍주와 동행하던 중 탈출을 시도하나 독보의 밀고로 실패함.

⑧ 마홍주가 청에 투항하여 18개월을 보냄.

⑨ 1646년 압송되어 심기원의 역모사건에 연루되어 친국 받다 김자점의 고문으로 죽음.

이상 간략한 임경업의 일생은 일제강점기 애국지사의 외국 망명과 귀환을 연상케도 한다. 하지만, 파란만장한 그의 삶에 대해서는 모든 전기에서 동일한 내용을 서술하고 있지는 않으며 서로 다른 부분도 일부 확인된다. 이는 사실 위주로 일대기를 작성하기 보다는 그의 삶이 남긴 상징성을 부각하는 방향으로 글을 정리하려 했기 때문으로 판단된다. 이형상이 쓴 <임장군전>은 그 중에서도 독특한 내용을 담고 있는데, 그것을 제외하면 내용상의 차이는 설화와의 교류정도에 따라 차이를 주로 나타낸다. 임경업의 생장지에 대해서 충주, 평안도 개천, 원주 등으로 저마다 이설을 내놓고 있는 점이 그 대표적인 사례이다.

문헌설화집에 수록된 임경업 관련 설화는 구전설화에 비해 많지
않다. 그렇지만 문헌설화집 자체만을 놓고 본다면 거의 예외 없이
임경업에 대한 이야기가 한두 편씩은 실려 있다. 그런데, 특이한 점
은 문헌설화에 등장하는 임경업은 특별한 재능의 소유자라고 규정하
기 어렵다는 점이다. 그저 생애를 간략하게 요약해 놓거나 담략이
뛰어나 선영(先塋)을 침해한 재상가에 찾아가 호통을 쳐 재상을 놀라
게 했다는 것 정도가 전부여서 영웅적 풍모가 두드러지지 않는다.
　　또 한 가지 지적할 사항은 다음 이야기가 여러 설화집에 반복적으
로 실려 있다는 사실이다.

1. 임경업이 한미할 때 달천에 살면서 사냥을 다녔다.
2. 하루는 사슴을 쫓다가 월악산에서 길을 잃고 한 나무꾼의 지
   시로 인가를 찾아간다.
3. 임경업이 그 집에서 쉬고 있는데 나무꾼이 다시 나타나 음식
   을 대접하였다.
4. 나무꾼이 임경업을 한 누각으로 데려가 나무에 몸을 묶게 하
   고서는 공중으로 몸을 솟구쳐 한 남자와 싸워 마침내 그를
   물리쳤다.
5. 그 나무꾼은 녹림객으로 산중에 집을 짓고 여자를 거처하게
   하였는데 여자가 다른 남자와 간통하여 자기를 죽이려 하므
   로 그 남자를 처치한 것이라 하였다.
6. 그 남자에 관하여 물으니 그 자는 남대문 안에서 담배를 파
   는 인물로 대장감인데 하루 사이에 이곳을 왕래하였다고 하
   였다.
7. 나무꾼은 임경업에게 여자를 취하라고 하였다가 거절당하자

그 여자를 벤다.

8. 나무꾼이 임경업에게 검술을 가르쳤는데 병자호란이 일어날 것을 미리 알고 한 것이다.

이상이 ≪기문총화≫에 실린 내용을 토대로 요약한 해당 설화의 줄거리이다. ≪계서야담≫, ≪청구야담≫, ≪동야휘집≫, ≪청야담수≫ 등에도 비슷한 내용이 실려 있다. 이야기 속에서 절초장(折草匠)과 나무꾼은 신분이 낮은 것은 물론이고, 중요한 인물도 아니다. 그런데 사실은 대장군이 될 자격이 있는 인물이고, 서울과 충주를 하루 사이에 왕래할 수 있는 능력도 지니고 있다. 게다가 사람의 숨은 재주를 알아보는 능력, 즉 지인지감을 갖추고 있는 이인(異人)들이다. 이둘과 비교할 때 임경업은 상대적으로 평범한 인상을 준다. 나무꾼의 지시에 따라 나무에 몸을 묶는 대목은 왜소해 보이기까지 하다.

임경업은 나무꾼이나 절초장과 달리 제도권에 속한 인물이다. 그런데 제도권 밖에 있는 사람들의 능력이 임경업을 능가하는 것으로 그려져 있다. 따라서, 이 설화는 임경업 장군의 존재감을 빌린 제도권 밖 인물들의 항변으로 볼 수 있다. 장군이 될 수 있는 능력에도 불구하고 담배장수나 나무꾼으로 한평생을 보내는 사람들이 있기에 청나라의 침입과 같은 국난에 제대로 대처할 수 없었다는 주장을 임경업의 상징성을 활용하여 전파하고 싶었던 것이다.

능력은 있으나 발탁될 기회를 얻지 못한 이들이 능력을 보일 수 있는 국면은 매우 제한적일 수밖에 없다. 절초장은 남의 여자를 만나는 일에 소중한 능력을 허비하다가 목숨을 잃는다. 나무꾼은 국가의 운명을 미리 짐작하고 아무런 행동도 하지 않는다. 결국 조선이라는 나라는 이들의 방관과 무관심 속에 굴욕적인 항복을 하게 된다. 그에 대한 짙은 아쉬움이 이 설화에서는 바탕에 깔려 있다.

그런데, 서울과 제천을 하루 사이에 왕복하고, 병자호란이 일어날 것을 미리 알고 있는 능력의 소유자들이 한 여인을 사이에 두고 목숨을 건 대결을 펼친다는 것은 자연스럽지 못한 설정이다. 여인을 두고 다툼을 벌이는 일은 지극히 현실적인 사안이어서 이인들의 위상과도 걸맞지 않다. 따라서, 이 이야기가 지니는 의미를 달리 해석하기 위해 작품 속에 등장하는 임경업의 역할을 축소 혹은 확대할 필요가 있다. 축소했을 경우에 작품의 주요 갈등은 절초장과 나무꾼의 대결이다. 그리고 대결의 소재는 남녀 간의 사통이라는 흥밋거리에 지나지 않는다. 그러나 과연 그런 흥미 때문에 여러 책에서 이 설화를 수록했을까 하는 의문은 남는다.

임경업에게 보다 적극적인 의미를 부여하는 것도 가능하다. 임경업의 발자취를 염두에 두면서 나무꾼과 절초장의 다툼을 비유로 이해하는 방법인데, 이때 나무꾼과 절초장은 각각 청과 명을 의미하며, 여인은 조선을 지시한다고 볼 수 있다.[4] 그렇다고 해도 이인이 아닌 임경업은 사건의 핵심에서 소외되어 있는 존재이다. 임경업은 그저 사냥을 다니고 검술을 익히는 정도에 불과하며, 문제를 해결하지 못하고 둘 사이의 다툼을 몸이 묶인 상태로 지켜볼 뿐이다. 다만, 여자

---

4) 임경업에게 여인을 취할 의사를 묻는 나무꾼은 청나라로, 대결에서 패한 절초장은 명나라로 볼 수 있으나, 다른 해석도 가능하다. 사욕에 눈이 먼 절초장은 청나라에, 의를 앞세운 나무꾼은 명나라에 가까운 측면도 있는 것이다. 어느 경우이든 양자 사이에 끼어 죽음에 이른 여인은 조선의 처지와 흡사하다. 물론 임경업이 여인을 거부하는 것은 불충은 아니며 천기를 강조하거나 임경업의 확고한 입지를 드러내려는 의도로 보인다.

를 데리고 살라는 나무꾼의 제의를 거절하였다는 내용을 통해서 임경업이 스스로 고난을 선택했음을 암시하고는 있지만 임경업에 대한 적극적인 선양도 또는 역사적 사실에 대한 세밀한 관심도 찾아보기 어렵다.

이처럼 임경업과 다른 처지에 있거나 다른 길을 택한 인물의 출현은 국립도서관 소장 한문필사본 <충신 임경업실기>에서도 찾을 수 있다. 이 작품은 다른 이본에 비해 "실기와는 상당한 친연성을 지니고 있어"[5) 현실을 충실하게 반영하는 듯이 보인다. 하지만, 작품 속에 등장하는 김경문이라는 인물은 국가의 흥망까지도 미리 알 정도로 뛰어난 재능을 가지고 있기는 하나 임경업과 적극적으로 교유하지 않고 그저 임경업의 재능을 평하고 그의 죽음을 안타까워하는 제3의 인물에 머무르고 만다. 작가는 국가를 위해 모든 것을 바친 임경업과 이인의 풍모를 지니면서도 아무런 일을 하지 못한 김경문을 비교할 의도를 지녔던 것으로 보인다.

이러한 작가의 의도와 무관하게 임경업이 처한 현실 속에서 김경문은 방관자이고 김경문이 처한 현실에서 임경업은 사건 속의 인물일 뿐이다. 그리하여 작품은 역사적 사실의 재해석을 통한 전망의 제시로까지는 나아가지는 못했다.

조선의 패배를 숙명으로 보는 듯한 이 같은 태도는 구전설화에 오면 많이 달라진다. 적층성이라는 구비문학의 특성상 구전설화에서는 출생 이전부터 사후에 이르기까지 임경업의 모든 생애가 관심의 대상이 되고 있으며 그만큼 풍부한 내용들이 전승되고 있다. 물론 이

---

5) 이복규, 『임경업전 연구』, 집문당, 1993, p.49.

가운데 상당수는 사실 여부를 확인하기 어려운 허구적 내용들이다.[6] 비현실적인 내용 또한 적지 않은데 특히 임경업의 능력은 문헌설화에서의 초라했던 그것에 비하면 무한하게 증진되었음을 확인할 수 있다.

재상가에서 투장을 한 사실을 알고 찾아가 호통을 쳤다는 이야기는[7] 문헌설화에서의 그것과 같지만 어린 시절에 전쟁놀이를 하면서 경상감사의 부임행차를 돌아가게 하였다는 이야기도 있고, 무예 수련과 관련해서 달천을 세 걸음에 건너다니고 커다란 돌을 세우고 암반을 갈랐다는 이야기도 있다. 그밖에도 12살에 낙안군수로 부임하여 아전들을 다스렸는가 하면 이무기를 퇴치하고, 말 발자국을 바위에 남기고, 돌을 몰아오며, 목망(木網)으로 조기를 잡고 바다에서 식수를 길어올려 사후에는 신으로 좌정되기까지 한다.

이러한 설화들은 생전에 임경업이 거쳐 간 곳들에서 주로 채록되었다. 어릴 적부터 훌륭한 장수가 될 자질을 타고 났지만 능력을 제대로 발휘할 수 없게 만든 주변에 대한 불만, 천수를 누리지 못하고 억울한 죽음을 당해야 했던 장수에 대한 아쉬움이 이들 설화의 바탕에 깔려있다.

그러나, 임경업을 중심에 놓고 주변을 무력화하는 이런 이야기 전략은 당대의 현실과 긴밀하게 연결되지 않는다. 그래서, 탁월한 능력을 지닌 이가 왜 임경업이었던가 하는 의문에 대해 명쾌한 답을 제

---

6) 임경업 관련 전과 소설, 설화를 비교한 이복규는 전이 사실지향적임에 비해 설화는 허구 지향적이고 소설은 사실성과 허구성이 공존하고 있다고 하였다(앞의 책, pp. 262). 그밖에도 전이 일대기를 삽화 형식으로 구성한 데 비해 설화는 일대기의 일부를 소설은 일대기를 유기적으로 구성하였다고 보았다.
7) 정신문화연구원, 『한국구비문학대계』3-1, 1980, pp.701~3.

시하지 못한다. 그래서 주변적 사실의 보완이 없는 한 어떤 장군도 그 자리를 대신할 수 있다. 결국, 문헌설화에서와 마찬가지로 구전설화에서도 임경업의 실지 사적에는 크게 유의하지 않음으로써 역사적 의미가 충분히 부각되지 못한 아쉬움이 남는다.

그런데 충주에서 채록된 다음 설화에서는 임경업 장군의 모습이 다른 설화의 그것과 판이하다.

> 임장군이 20세 전에 달천에서 활쏘기를 하는데 화살이 부족하여 몇 대를 쏜 후 강을 건너 화살을 주워 와야 했다. 하루는 한 총각이 활쏘기를 구경하다가 임경업이 마지막 활시위를 놓기 전에 강을 건너가 화살을 주워 왔다. 임경업이 총각의 능력을 시기하여 죽이려 하니 총각은 자취를 감추었다.

임경업보다 뛰어난 능력의 소유자는 문헌설화나 소설에도 등장하는데, 여기서는 정체를 알 수 없는 총각 한 명이 그 역할을 대신하고 있다. 그런데 문헌설화와 소설에서 상대 인물 즉 나무꾼이나 김경문 등에 대해 별다른 반응을 보이지 않았던 임경업이 여기서는 남의 능력을 시기하는 인물로 등장하여 색다른 면모를 보인다. 또 다른 설화에서는 임경업의 스승으로 독보대사가 출현하기도 한다.

이들 전설에 그려진 임경업의 모습을 종합하면 그는 무한한 능력의 소유자이지만 동시에 시기심도 지니고 스승에게 가르침도 받는 등 다양한 면모를 보여준다. 하지만, 어느 경우이든 전해지는 생애의 기본 골격을 수정하는 내용은 나타나 있지 않다.

전설에서 발견되는 또 다른 내용상의 특징은 임경업의 생애를 수용하여 죽음에 대해 해명하려고 한다는 점이다. 출생지와 관련해 전하는 이야기를 예로 들면, 임경업이 전쟁놀이를 하다가 군법을 어겼다며 한 소년의 목을 베었기에 부모와 함께 원주에서 충주로 이사하였다는 이야기가 전하는가 하면, 임경업의 부친이 원주감영의 옥사장으로 있었는데 억울한 죄수를 몰래 도망하게 하여 고향으로 돌아왔다고도 한다.

비교적 숫자가 많은 명당 관련 임경업 전설들도 성격상 유사한 것들이 대부분이다. 이 설화들에서도 임경업의 불운한 삶, 김자점과의 악연, 청태조와의 관계 등에 대해 왜 그렇게 되었는가 설명을 시도한다. 그리하여 널리 알려진 역사적 사실 자체에 어떤 변개도 가하지 않으면서 임경업의 비극이 미리부터 예정된 것이라는 점을 납득시키려 하고 기왕의 사실들을 그대로 수용하는 태도를 견지하고 있음을 알 수 있다.

하지만, 상상력을 동원하여 시간적 계기성을 찾으려는 이 같은 태도가 전설의 담당층인 민중이 "사람의 힘으로 어쩔 수 없는 예정된 운수를 믿고 그에 순응한"[8] 결과라고 해석하는 것은 재고할 여지가 있다. 이야기 속에서 임경업은 영웅적 능력도 지니지만 동시에 살인을 했다거나 남을 시기하는 등의 결함도 갖고 있어 전인격(全人格)을 갖추었다고 단정하기 어렵다. 평범한 인간들이 지닐 수 있는 단점을 그도 또한 갖고 있는 것이다. 따라서 임경업이 태어나기 전 혹은 태어난 후 있었던 일의 결과로 천기를 보지 못해 오랑캐를 막지 못하고 억울한 죽음을 당했다는 설화들에서 강조하는 것은 임경업이라는

---

8) 서영숙, <임경업전에 나타난 세계관>, 어문연구회, ≪어문연구≫20, 1990, p.121.

한 개인에 수반한 비극적 운명에의 동조 그 이상도 이하도 아닐 것
이다. 임경업이 살았던 당대의 현실과 일정한 거리를 취하는 이 같
은 태도에서는 운명에의 순응보다 당대의 지배 이데올로기에 대한
소극적 문제제기라는 전향적인 의미를 찾을 수도 있다.

소설의 사실 변용

　소설 <임경업전>은 한문필사본 9종, 국문필사본 12종, 방각본 6종, 구활자본 4종[9] 등 적지 않은 이본이 전해지고 있어 한문 식자층을 포함한 많은 독자들이 오랜 세월 읽었던 작품임을 알 수 있다. 뿐만 아니라 감성에 호소하는 측면도 강하여 살인사건을 초래하기도 한다. 작자 혹은 필사자들의 생각이 많은 이본들에 기재되어 있는 현상 역시 같은 맥락에서 이해될 수 있다. 즉 작품과 향유층사이의 결속력이 어느 작품보다 강하다는 점을 특징으로 지적할 수 있다. 그렇다면 숭명배청 의식, 호란이 남긴 강렬한 인상, 청에 대한 설치(雪恥) 등 작품 외적 요소 이외에 <임경업전>이 그토록 오랫동안 많은 독자들에게 읽혔던 작품 내적 요소는 무엇일까?

　우선, 사건면에서 소설 <임경업전>은 다른 고전소설에 비해 초월적 요소가 거의 발견되지 않는다는 점을 특징으로 지적할 수 있다.[10] 이 점은 앞에서 살핀 전설과도 분명 차이가 있다. 27장본 <임

---

9) 이복규, 앞의 책, pp.35～98.

장군전>을 예로 들면, 임경업이 중 독부의 가짜 편지를 의심하고 사실 여부를 확인하기 위하여 점을 친다는 내용, 그리고 사후에 왕의 꿈에 임경업이 출현하는 내용 외에는 초월적인 면을 발견하기 어렵다. 구활자본 세창서관본에서도 임경업이 죽을 위기에 처하자 몽조가 있는 것 외에는 모든 사건은 그저 현실 속 시공의 법칙을 충실히 따르고 있다. 이 같은 특성은 기회가 있을 때마다 제시되는 시간 표지에 의해 더욱 강화된다고 할 수 있는데 다음은 그 몇 예이다.

> ▶ 무오년에 이르러 나이 십팔세라
> ▶ 차시는 갑자년 팔월이라
> ▶ 이때는 갑자년 추구월이라
> ▶ 세월이 여류하여 기사년 사월이 되매
> ▶ 차시는 신미년 춘삼월이라

그런데 이 같은 시간 표지는 대개가 역사적 사실과 무관한 것들이다. 한 예로, 임경업이 과거에 급제한 때가 작품 속에서는 무오년 18세의 나이라고 하였으나 연보에 의하면 그는 25세의 나이에 무과에 합격한 것으로 되어 있다. 몰년 또한 기축년 9월 26일 46세의 나이로 되어 있어 병술년 53세와 차이가 난다. 더구나 위에 제시한 갑자년이니 기사년이니 신미년이니 하는 것들은 모두 임경업이 명나라에 사신 일행으로 가서 호국을 도와준 시기인데, 사건 자체가 소설 속에서 만들어진 것이므로 시간 역시 실제가 아니다.

---

10) 정신문화연구원 소장 필사본 42장본에서는 강에서 용사를 물리치거나 청나라에서 귀환하면서 칼의 색이 변하고 그것이 강물에 빠지자 임경업이 "내 반드시 망하리로다" 하고 탄식하는 특이한 내용이 들어있다.

그러고 보면, 소설 <임경업전>의 주요 배역 가운데 가공의 인물이 등장하지 않는다는 점도 예사롭게 보아 넘길 수 없다. 특히 임경업과 대결하는 주요 배역들은 모두가 실존했던 인물들이다. 임경업 앞에서는 일국의 왕이라 보기 어려울 정도로 우왕좌왕하는 호왕과 역모를 꾀하면서 임경업을 걸림돌로 생각하는 김자점, 돈 때문에 임경업을 청에 팔아넘기는 중 독부 등이 그들이다.

이처럼 <임경업전>은 초현실계의 개입이 거의 나타나지 않지만 현실에서 사건을 꾸미며 실존 인물과 함께 제시함으로써 작품과 역사적 사실의 구분에 혼선을 일부러 유도하는 듯한 인상을 준다. 이는 실존 인물 임경업에 대한 독자들의 관심을 지속적으로 이어가게 하려는 의도가 반영된 결과이다. 활자본이 유행하던 시기에 신소설 속의 등장인물들이 실존 인물임을 내세우는 광고 문안이 눈에 자주 뜨이는데 임경업전의 사실 활용 또한 이 같은 맥락에서 이해될 수 있다.

이처럼 현실을 포장하여 새로운 사건을 만드는 과정에 불합리한 내용이 작품 속에 들어가기도 한다. 호왕과의 대결 부분이나 김자점과의 대결 부분이 대표적인 사례이다. 먼저 호왕과 대결하는 부분을 보자. 독부의 흉계로 임경업은 호왕에게 잡힌 신세가 된다. 그러나 호왕의 위세에 조금도 굴하지 않고 호통을 치며, "내 명은 하늘에 있거니와 네 머리는 십보지내(十步之內)에 있"다며 호왕을 위협하고 자신을 바삐 죽이라 재촉한다. 그런데 위와 같은 표현은 임경업이 호왕을 해칠 수 있는 가능성을 염두에 둘 때 성립될 수 있는 것이다. 호왕이 이 호통에 탄복하면서 임경업을 우대한다는 내용도 자연스럽지 못하다.

호왕이 경업의 강직함을 보고 탄복하며 맨 것을 끄르고 손을 이끌어 올려 앉히고 왈
"장군이 내게는 역신이나 조선에는 충신이라. 내 어찌 충절을 해하리오. 장군의 원대로 하리라. 즉시 세자와 대군을 놓아보내라."[11]

이 같은 부자연스러움은 세창서관에서 간행한 이본에서는 더욱 뚜렷하다. 호왕은 임경업이 칼을 들고 호령하자 겁을 먹고 계단을 내려가 손을 잡고 위로할 뿐 아니라 임경업을 꾸짖는 자기 휘하의 장수를 죽이도록 명령한다. 또한, 임경업을 죽이려는 계교를 꾸미다가 임경업이 노승의 몽조에 힘입어 의심하는 듯한 태도를 취하자 지레 움츠러들며 자신은 소변을 보러 갔었노라고 변명을 한다. 임경업을 앞에 두고 호왕이 이처럼 우스꽝스러운 존재로 전락하는 것은 작품을 통한 대리만족을 위해 사실을 왜곡하는 것 이상도 이하도 아니다.

김자점과의 관계는 특히 독자들이 주목했을 내용이다. 그러나 소설에서는 김자점이 역심을 품고 스스로 임경업을 꺼릴 뿐 이렇다 하고 내세울 만한 대결이 보이지 않는다. 김자점의 지시를 받은 무사들이 임경업을 난타하여 죽이는 부분이 유일한 대결이라면 대결이다. 그러나 이 부분의 내용 역시 자연스럽지 못한 것은 마찬가지다.

경업이 그제야 자점의 흉계인 줄 알고 분을 참지 못하여 바로 몸을 날려 입궐하여 주상께 뵈옵고 관을 벗고 청죄하온대 임금이 경업을 보시고 반가워하며 친히 붙들려 하시다가 문득 청죄함을

---

11) 국립도서관 소장 <임장군전>(27장본), 20a~20b.

보시고 크게 놀라 말씀하시기를

"경이 만리타국에 갔다가 이제 돌아오매 반가운 마음을 누르지 못하나 먼길을 다녀옴을 아껴 금일에야 서로 보매 새로운 마음을 헤아리지 못하거든 청죄란 말이 무슨 말이뇨. 자세히 이르라."

하시니 경업이 손을 모으고 사죄하며 말하기를

(…)

자점이 하릴없어 숨기지 못하여 들어와 아뢰기를

"경업이 역적이옵기로 잡아 가두고 여쭙고자 하였나이다"

하거늘

경업이 큰소리로 꾸짖으며 말하기를

"이 몹쓸 역적아 네 벼슬이 높고 국록이 족하거늘 무엇이 부족하여 반역할 마음을 두어 나를 해치고자 하느뇨."

자점이 말이 없거늘 임금께서 크게 노여워하며 말씀하시기를

"경업은 삼국에 유명한 장수요 또한 천고의 충신이라. 너희 놈이 무슨 뜻으로 죽이려 하느냐? 이는 반드시 도리에 어긋나는 일을 꾀함이라"

하시고 자점과 함께 참여한 자를 금부에 가두고 경업은 물리치라 하시다. 자점이 같이 일어나 나오다가 경업의 나옴을 보고 무사를 분부하여 치라 하니 무사들이 경업을 무수 난타하여 거의 죽게 되매 전옥에 가두고 자점은 금부로 가니라.[12]

이상 인용한 부분에서 김자점의 행동과 왕의 태도는 여러모로 석연치 않다. 우선 왕은 임경업이 옥에 갇힌 사실조차 몰랐고 김자점의 변명에 화를 내며 김자점을 가둘 것을 명령한다. 그런데 죄인의 처지가 된 김자점이 무사들을 시켜 임경업을 난타하고 전옥에 가두

---

12) 위의 책, 24a~25a.

기까지 한 것으로 되어 있다. 그런 일이 일어나는 동안 왕은 물론 대군, 신하들은 모호한 태도를 취할 뿐이다. 이 같은 부자연스러움은 임경업의 죽음의 모든 책임을 김자점에게 지우려는 의도가 숨어 있기 때문이다. 왕은 전혀 무관한 것처럼 그림으로써 책임을 벗을 수 있는 것이다. 이로 인해 김자점과 임경업의 대립 구도는 독자들에게 선명한 인상을 남겼다는 점을 유의할 필요가 있다.

이상에서 보듯이, 소설에서 비중 있게 다루어지는 내용이라고 할 수 있는 임경업과 호왕의 대결, 임경업과 김자점의 대결은 부자연스러운 면모를 지닌다. 그러나 이러한 불합리한 서술이 큰 결함으로 비쳐지지 않는다는 데에 <임경업전>의 독특함이 있다. 모든 사실이 임경업을 중심에 두고 허구로 재편되면서 독자에게 커다란 호소력을 지니게 된 것이다.

임경업은 위기에 빠진 호국을 구원하는가 하면 명나라에도 도움을 준다. 그 과정에서 명나라와 청나라의 모든 신하들을 제치고 임금들로부터 강한 신임을 받는다. 또한, 청에 볼모로 잡혀가 고초를 겪던 소현세자와 봉림대군의 고국 귀환을 주선하기도 한다. 포로로 잡혀 갔던 조선 사람들이 돌아오는 길을 연 것이다. 임경업에게 걸림돌이 있다면 그것은 왕의 명령과 숭명배청이라는 의식구조일 뿐이다. 그래서 모든 사건이 임경업에 의하여 해결되는데, 독자들은 이 같은 내용을 통해 임경업의 능력과 위상을 거듭 확인하는 것이다.

주변의 인물들에 대한 판단 역시 임경업과의 거리에 의해 결정된다. 세상에는 임경업에게 우호적인 인물과 반감을 품은 인물 두 부류만 있으며, 반감을 품은 인물들은 곧 악의 무리로 규정된다. 그러다보니 독보 같은 인물은 그 실체와 행적 등이 매우 모호하게 처리되어 있고, 이본에 따라 역할이 다르게 설정되기도 한다. 주변 인물들의 개성이나 운명은 주요한 관심의 대상이 아니므로 미미한 역할을 부여하는 데 그치고 있는 것으로 보인다.

임경업을 통해서 세상을 바라보게 한다기보다 임경업을 보고 그것이 곧 세상의 모든 것이라고 착각하게 하는 이 같은 전략은 사건의 성격을 단순화함으로써 선명한 인상을 남기는 데 기여한다. 그리고 삶의 다양성에 대한 진술을 회피함으로써 보다 많은 독자들의 관심을 기대할 수 있다는 장점이 있다. 이것이 <임경업전>이 지닌 가장 큰 통속성이다.

통속성의 또 다른 모습은 작가가 독자들의 정서적 호응을 기대하는 장면들을 반복시키는 데서 나타난다. 즉 임경업에게 호의적인 백성이나 군사들의 반응을 누차 반복해서 서술한다든지 "병자년"에 대한 언급을 자주 되풀이한다든지 함으로써 독자들이 공감하도록 은연중 압박을 가하는 전략을 구사한다. 다음과 같은 과격한 표현을 사용한 이유도 독자들의 감정을 자극하여 그들의 심정적 동조를 이끌어 냄으로써 독자의 시선을 작품 속에 고정시키려는 의도가 담겨 있다.

> 경업의 자식들이 장군의 영위를 배설하고 비수를 들어 자점의 배를 갈라 오장을 끊고 간을 내어놓고 축문 지어 임공 영위에 고하고 다시 칼을 들어 흉적을 점점이 저며 씹으며 흉적의 남은 시신을 장안 백성들이 저미고 깎아 맛보며 뼈를 돌로 짓이겨 꾸짖더라.[13]

---

13) 위의 책., 26b.

<임경업전>의 이 같은 특성은 주인공의 죽음을 좀 더 비극적이게 하고, 폭력성을 내세움으로써 분을 풀고자 하는 욕구를 해소시켜 주는 데 일조를 한다. 이상과 같이 <임경업전>에 나타나는 통속성은 소설이 대중화되는 데 일정한 기여를 한 것으로 판단되며 동시에 소설 문학은 그런 과정을 통해 확산되는 경로에 접어들었다고 할 수 있다.

제 4 절
나오는 말

　<임경업전>은 주인공 임경업만큼이나 널리 알려진 소설이다. 그러나 고전소설만을 놓고 본다면 이 작품은 매우 독특한 모습을 지니고 있다. 역사적 사실에서 주로 취재를 했을 뿐 아니라 사건의 진행 과정에 초현실계의 개입이 거의 나타나지 않는다는 점에서 그러하다. 이 같은 현상의 소설사적 의미를 밝히기 위하여 역사적 사실의 수용 양상에 대하여 전설과 소설의 경우를 살펴봄으로써 다음과 같은 결론을 얻었다.

　첫째, 임경업을 등장시킨 문헌설화와 구전설화는 서로 차이를 보이기도 하나 임경업 생애의 기본 골격을 거의 바꾸지 않았다는 점에서 공통성을 지닌다.

　둘째, 임경업 전설 가운데 상당수는 있었던 기왕의 사실을 인정하고 그 계기성을 찾는데 주력한다. 이는 운명론에 순응한 결과라기보다 지배층에 의해 강요되던 이데올로기를 전향적으로 수용하여 나타난 현상으로 풀이된다.

셋째, 설화와 달리 소설은 역사적 현실에 대해 조작을 가하면서 임경업을 중심에 두고 이야기를 전개해 나간다. 그리고 그 방식은 단순화와 감정적 서술이라는 두 가지로 요약할 수 있다. 이로 인해 보다 많은 독자들에게 다가갈 수 있음은 물론 작품에 몰입하도록 유도하고 또한 독자들은 내용을 선명하게 각인시킬 수 있었을 것이다.

넷째, 이 같은 <임경업전>의 특성은 소설 문학의 대중화라는 시대적 추이와 상승 작용을 일으키며 이본마다 약간의 변모를 보여주기도 한다.

제 7 장

숭 시 열

이 야 기

인물전설의 역할

전설은 다른 문학 갈래들에 비하여 역사와 좀 더 긴밀한 관계를 유지하여 왔다. 그것은 대개 전설이 역사적 사실을 소재로 삼는 방향으로 나타나는데, 그렇다고 해서 양자 사이에 언제나 역사가 우위를 점하지는 않는다. 역사적 사실이 전설의 상상력을 제약하는 방향으로만 작용하지는 않기 때문이다. 역사를 향한 구심력이 의미를 지니는 만큼 전설 쪽에서 발견되는, 원심력이라 이름할 수 있는 반작용 또한 의미 있는 현상이라 할 수 있다. 구연상황에서 이러한 반작용은 "역사에서는 저렇게 전해지지만 실제로는 이랬다"라는 식의 묵시적 전제 혹은 언급들로 나타난다.

이처럼 역사의 지속적인 간섭에도 불구하고 전설이 역사와 일정한 거리를 두려는 태도를 취하고 때로는 차별화를 시도하는 것은 전설 향유층의 의식이 반영된 결과이다. 따라서 역사를 우위에 두고서 그것을 바탕으로 전설을 이해하려는 태도는 전설 쪽에서는 바람직하지 않을 수 있다. 이 같은 입장을 바탕으로 할 때는 역사와 전설 양자 사이의 어긋남이 더 의미를 가지는 경우도 있다.

결국, 전설의 내용이 역사적 사실에 얼마나 부합하는가 하는 친연성은 이야기의 가치나 위상을 결정하는 데 그리 중요하지 않으며, 둘을 연결하는 방식의 다양함이 보다 많은 의미를 함축하기도 한다. 그래서, 전설 하나하나는 역사와의 관계를 다각도로 모색한 결과물로서 면밀한 고구의 대상이 된다고 할 수 있다. 이는 마치 나침반에서 바늘의 자성에 못지않게 바늘의 유동성이 중요한 것과 흡사한 상황이다. 바늘이 회전할 수 있어야 나침반이 제 기능을 발휘하듯이 역사를 향한 전설의 다양한 해석과 변이가 갖는 의미를 포착하는 일이 전설을 이해하는 데 있어 긴요한 한 가지 방법이다.

역사적 인물과 관련된 이야기는 전설에서 적지 않은 비중을 차지하고 있다. 이들 역시 다양성과 변이라는 시각에서 살펴볼 필요가 있다. 즉, 인물전설은 단순히 대상 인물의 삶 중에서 감추어진 일부를 들추어내는 데 목적이 있는 것은 아니다. 인물과 관련된 정보전달은 이야기를 창작하고 전승하는 궁극의 이유가 아니며, 인물 정보는 전설을 구성하는 기본 요소에 지나지 않는다.

인물전설에서는 주인공과 연관된 사실 정보를 재구성하고 이해하는 방식이 어떠한가 하는 점이 중요하다. 인물에 대한 평가, 삶에 대한 수용 태도 등의 이면에 전설 향유층의 세계관이 자리하기 때문이다. 그로 인하여 전설은 유동하는데, 그 폭이 클수록 혹은 주인공의 삶이 향유층의 의식을 일깨우거나 동질적이라고 보았을 때 인물에 대한 향유층의 관심은 더 커지고 그 결과 많은 각편이 존재하는 것이다.

역사에서의 지명도와 전설의 주인공이 갖는 위상은 무관하기도 하고, 때로는 반비례하기도 하는데, 이러한 생각을 바탕으로 17세기를 대표하는 유학자 우암 송시열의 전설에 대해 살펴보고자 한다.

우암이 등장하는 전설은 그의 명성을 감안하치 않아도 숫자가 매우 적은 편이다. 그렇지만 앞서 밝혔듯이 전설이 인물에 대한 단순 학습 기능만을 가진 것이 아니므로 전해지는 이야기 하나하나는 인물 정보를 제공하는 것 이상의 의미를 지닌다. 또한 우암에 대해서는 상반된 평가가 당대에는 물론 오늘날까지 공존하고 있는 상황이다.[1] 그래서 우암 관련 전설을 검토하는 일은 전설의 향유집단이 우암에 대하여 어떤 태도를 취하고 있는지 확인하는 단서를 제공할 수 있을 것이다.

---

1) 이에 대하여는 이덕일, <송시열과 그들의 나라>(김영사, 2000)에 자세히 기술되어 있다.

생애와 전설의 상관성

우암 송시열은 1607년(선조 40년) 충북 옥천 구룡촌에서 태어났다. 아버지인 수옹(睡翁) 송갑조(宋甲祚)는 공자가 여러 제자들을 거느리고 집에 이르는 꿈을 꾼 데 인연하여 성인이 주신 아이라는 의미로 우암의 아명을 성뢰(聖賚)라 하였다. 수옹은 광해군 때 사마시에 뽑힌 후 서궁에 유폐된 인목대비를 홀로 찾아갔다는 이유로 유학자 목록에서 빠지기까지 했던 인물이다. 부친의 이러한 행적은 후일 우암에게 매우 큰 영향을 미쳤을 것임을 쉽게 짐작할 수 있다.[2]

이러한 가정환경에서 자란 우암은 어려서부터 총명하여 3세 무렵 능히 문자를 알았다고 전한다. 8세부터는 송이창에게 글을 배웠고, 19세에 이덕사의 딸과 혼인을 한다. 24세에는 부친의 삼년상을 마치고 사계 김장생의 문하에 들어가는데, 이듬해 스승이 세상을 뜨자

---

[2] 우암의 부친에 대해서는 설화에서도 높은 관심을 지니고 있다 하겠는데, "후덕한 우암선생 아버지"(구비문학대계6-6, 신안군 임자면 설화2), "우암 탄생 설화"(구비문학대계6-3, 고흥군 과역면 설화16), "송우암의 출생 이야기"(구비문학대계3-2, 청원군 미원면 설화5) 등이 전한다.

신독재 김집에게 수학하게 된다. 그러다가 1633년에 27세로 생원시에 장원급제하여 경릉참봉으로 관직생활을 시작한다. 29세에는 훗날 효종으로 즉위하여 긴 인연을 이어갈 봉림대군의 사부가 된다.

1636년 병자호란이 발발하자 그는 남한산성에 들어갔다가 화의가 성립되자 낙향한다. 그 후 10여 년 간 관직에 들지 않았는데 1649년 인조가 세상을 뜨자 그는 조정에 들어가 기축봉사를 올렸으며, 47세에 충주목사에 임명된다. 1658년 효종은 그에게 털옷을 한 벌 하사하면서 청에 대한 북벌의 의지를 피력하는데 이듬해에는 독대를 통하여 북벌에 대한 우암의 견해를 묻기도 하였다.

효종이 세상을 떠난 후, 우암은 많은 파란을 겪게 된다. 효종의 계모인 자의대비의 복제 문제가 논쟁거리로 대두되고, 기년복을 주장하는 서인들은 3년복을 주장하는 남인계열의 인사들과 대립한다. 결국 서인들의 주장이 실현되었지만 이는 향후 정치사에 적지 않은 후유증을 남긴다. 이후 우암은 판의금부사, 이조판서, 병조판서 등을 역임하다가 1666년 60세가 되던 해 8월 화양동으로 거처를 옮긴다.

그런데, 1674년 현종의 비 인선왕후가 세상을 뜨자 자의대비의 복제문제가 다시 대두된다. 이때는 앞선 경우와 달리 남인들이 주장하는 기년설이 채택된다. 이에 대공설을 주장했던 우암을 위시한 서인들은 정권의 중심에서 밀려나게 되고, 우암은 1675년 유배를 가게 되어 덕원 거제 등으로 옮겨 다닌다. 그러다가 1680년 경신대출척으로 인하여 남인이 실각하자 74세의 나이에 귀양에서 풀려나고 영중추부사가 된다. 이후, 그는 김익훈의 처벌문제와 윤증에 대한 태도 문제 등으로 소론과 결별하고 노론의 영수가 되는데, 1689년에는 숙종에게 경종의 왕세자 책봉을 반대하는 상소를 올렸다가 제주로 귀양을 가게 된다. 그리고 같은 해 서울로 압송되던 중 정읍에서 사약을 받고 83세를 일기로 생을 마친다.

대개의 전설이 그렇듯이, 우암의 생애를 다룬 이야기들도 일단은 그의 삶의 자취에 주목하고 있다. 하지만 잘못된 정보를 수용한 경우도 발견된다. 미수 허목이 소론이었다고 하거나,[3] 사계 김장생과 우암을 같은 연배로 보면서 우암이 37세에 생을 마쳤다고 한 것[4] 등이 그런 오류를 갖고 있는 이야기이다. 이러한 현상은 대개 이야기를 구연하는 사람이 착오를 일으켜 나타난다. 전자의 경우에는 서사진행과 별 관계가 없지만 후자의 경우에는 중요한 정보가 사실과 다른 경우인데, 이는 역사적 사실의 개입으로부터 전설이 그만큼 자유로울 수 있다는 사실을 입증하는 사례라 하겠다. 하지만, 대개의 우암 관련 전설들은 명백한 착오가 드러나지 않으며, 대체로 우암의 인물특성을 잘 전달하고 있다고 판단된다.

야담집에 수록된 우암관련 이야기들은 일정한 경향성을 보이면서 동시에 구비전승된 설화와 차별화된 내용을 담고 있다. 이들을 먼저 살펴보기로 하자.

야담집에 수록된 이야기들은 대체로 다음 세 가지로 분류할 수 있다.

첫째, 우암과 견해가 달랐던 인물을 부정적으로 평하는 경우이다. 스승을 배반했다 하여 윤증을 비판하고(『계서야담』 60)[5], 불량한 무리

---

3) "송우암과 허미수"(구비문학대계1-1, 도봉구 미아동 설화12).
4) "송우암 장가 든 이야기"(구비문학대계3-2, 청원군 미원면 설화6).
5) 야담집명 다음의 숫자는 서대석 편저, 조선조문헌설화집요 I ・ II(집문당, 1991,

들이 북벌론을 어리석게 여겼다며 그 사례로 정태화의 반응을 들거나(『계서야담』 170, 『매옹한록』 128, 『동패낙송』 60), 복제의 의논에서 화를 입은 것은 남인 탓이라 한 것(『계서야담』 171) 등이 이에 속한다. 우암과 입장이 달랐던 인물을 비교대상으로 삼아 그들을 폄하함으로써 상대적으로 우암의 위상을 높이려는 의도가 담긴 이야기들이다.

둘째, 비교라는 방법을 동원하지 않고 우암의 비범함을 보다 직접적으로 제시한 사례도 있다. 여기에는 우암이 수백 명이나 되는 중들의 이름과 나이를 한번에 듣고 기억할 정도로 총명했다는 단순한 내용도 있고(『매옹한록』 121), 우리나라에 온 명나라 관리가 우암을 보고 영웅이 될 만하다며 높이 평가했다는 이야기도 여러 책에 전한다. 명나라 관리는 효종의 죽음을 예언하고서 사라지는데, 효종이 세상을 떠나자 북벌론도 사라졌다고 하였다.(『기문총화』 308, 『금계필담』 14, 『동패낙송』 122). 이는 표면적으로 효종과 북벌론의 관계에 초점을 맞추고 있는 것처럼 보이지만, 명나라 관리가 만나려 했던 인물이 하필 우암이었다는 점, 그리고 인물을 평가하는 사람이 중국인이라는 점에서 명나라의 권위에 기대어 객관성과 타당성을 높일 수 있을 것이라는 기대감에 그런 내용을 여러 차례 수록한 것으로 보인다.

셋째, 우암을 특정 인물의 됨됨이를 판단하는 기준 인물로 활용한 이야기가 있다. 기상이 뛰어났다는 신만에 대한 이야기나(『기문총화』 395, 『매옹한록』 171) 우암이 즐겨 언급하곤 했다는 박탁에 대한 이야기(『동패낙송』 121, 『청야담수』 196) 등이 이에 속한다. 이 경우에는 우암이 단지 지위를 빌려주었을 뿐 이야기 속 주인공으로 등장하지는 않

1992)에서 제시한 일련번호에 따른다.

는다. 하지만 덜 알려진 인물들을 조명하기 위해 우암을 전면에 내세우고 있다는 점에서 이들 역시 우암을 고평하는 시각을 고수하고 있는 이야기이다.[6]

이상 요약한 분류 결과에서 보듯이 조사 대상이 된 야담집에 수록된 이야기들 가운데에서는 1편을 제외하면 모두 인물에 대한 평가가 주된 내용이다. 서술자가 직접 우암을 평하거나 제3의 인물을 등장시키기도 하며, 덜 알려진 인물을 우암에 기대어 평가하는 등 평가의 주체와 평가 대상이 차이가 있을 뿐이다. 이들 모두에서 우암의 인물됨은 긍정적으로 인식되며 또 그것이 작품 구성의 한 요소로 기능한다는 공통점을 확인할 수 있다.

이처럼 야담집에서는 인물에 대한 평가에 주력하여 서술자의 입장이 노출되는데, 대개의 이야기가 반복해서 수록되었다는 사실은 우암에 대한 우호적 인식이 널리 공유되었다는 판단을 가능하게 한다. 하지만, 이야기들은 대부분 기존의 평가를 되풀이하는 데 그쳐서 새로운 내용을 보태지 못했다는 것이 아쉬운 부분이다.

이상에서 살펴본바 야담집에 수록된 우암 관련 이야기들은 구비전승된 설화들과 상당한 차이를 보이고 있다. 우암의 신수를 예언하고 사라진 노인의 이야기를[7] 제외하면 양자 사이에 공통점이 좀처럼 발견되지 않는 것이다.[8] 그 이유는 무엇보다 전승집단의 성향이 다

---

6) 이상 분류한 이야기 외에 노인에게 신수를 묻는 우암이 등장하는 것도 있다(『금계 필담』69). 구비전승된 이야기 중에서도 이와 비슷한 경우가 발견되는데, 위에 분류한 것들과는 우암에 대한 시각을 조금 달리한다고 할 수 있다.
7) 『금계필담』(69화)과 『구비문학대계4-2』("우암 선생과 물치주 참시," 양양군 현북면 설화41)에 실려 있다.
8) 채록과정에서 야담집 소재 이야기들과의 중복을 피하기 위하여 의도적으로 해당 설화를 누락시켰을 가능성도 있다. 하지만, 야담집 소재 설화들이 일정한 경향성을

른 데서 찾아야 할 것이다. 야담집에 수록된 이야기는 사대부 인물이 환로에서 경험하는 영욕 따위가 주요 관심사 가운데 하나이다.9) 야담집을 편찬한 이들의 성향이 그 같은 내용의 이야기를 주로 다루게 만들었다고 할 수 있다. 구연을 통해 설화를 전승하던 집단은 그들과는 성격이 다르다. 따라서, 북벌론, 복제 논쟁, 당색 등으로 인하여 나타나는 인물의 성공과 실패가 설화를 구전하는 집단에서는 진즉에 관심 대상 밖으로 밀려났으리라는 예상이 가능하다.

구비전승된 자료는 우암의 일생을 비교적 골고루 전하고 있다. 그래서, 출생담, 성장담, 수학담, 결혼담, 입신담, 정치담, 성품담, 체질담, 사망담 등으로 체계적인 분류를 하는 일도 가능하다.

구전 자료는 또, 우암이 영웅적 인물로 부각될 수 있도록 여러 가지 화소를 첨가하였다. 이인적 면모를 지닌 과부를 우암의 부친 앞에 등장시켜 영웅의 탄생을 예고하게 하는가 하면10) 탄생 즈음에 강물이 말랐다고 하였으며, 소년시절에는 옥길폭포에서 세수를 하고 축지법을 익혔다고 하였다.11) 또한 쇠로 된 나막신을 신고 걸어다닐 정도로 용력이 빼어났으며,12) 그밖에도 안광이 범상치 않았고, 요괴로 변신한 지네 또는 여우를 다스리고, 연못에서 울어대는 맹꽁이를 향한 불호령에 더 이상 맹꽁이가 울지 않았다고 전한다. 겨울에 방

보이고 있고, 구비전승의 경우 그와 유사한 방향을 취하는 것이 발견되지 않는다는 점에서 별다른 이유가 있다고 보는 것이 타당하다.

9) 예를 들면, 세조 때 입신한 한명회와 홍윤성의 사례를 통해 그 점을 확인할 수 있다. 두 사람은 모두 야담집에 높은 빈도로 출현한다. 하지만, 한명회의 경우는 구연된 설화에서는 발견하기가 어렵다. 반면, 홍윤성의 경우에는 구연된 설화도 풍부한 편이다. 이러한 현상은 두 인물이 지닌 계층적 차이에서 연유하는 것으로 판단된다.

10) "송우암의 출생이야기"(구비문학대계3-2, 청원군 미원면 설화5).

11) 한국구비문학회, "우암송시열 일화"(한국구비문학선집, 일조각, 1977), pp.44~5.

12) "송우암과 여우구슬"(구비문학대계4-2, 대덕군 탄동면 설화18).

에 머물게 되면 몸이 뜨거워 지붕 위의 눈이 녹을 정도였다는 설화도 전하며, 화수분이 등장하기도 한다.

이러한 이야기에서 우암의 비범함은 보통 사람들과 구별되는 차이 이상의 의미를 갖지는 않는다. 즉, 우암이 자신의 능력을 이용하여 주요한 사건에 개입하거나 갈등을 해결하는 등의 사례는 찾아보기 어렵다.

예를 들면, 미수와 우암이 동시에 등장하는 설화에서[13] 미수 허목은 조카의 청을 들어주기 위하여 바다를 갈라 배를 땅에 닿도록 하는 이적을 행했다고 하였다. 설화 속 우암에게서는 찾아보기 어려운 내용이다. 우암이 초인적인 존재인 것은 분명하지만, 도덕군자의 면모를 지닌 그에게서는 사사로운 문제의 해결에 앞장서는 면모는 보이지 않는 것이다.

끝으로, 충청도에서 채록된 설화와 다른 지역에서 채록된 설화 사이에 약간의 차이가 발견된다는 점도 주목할 사실이다. 속설처럼 인물에 대한 평가까지 확연히 다른 것은 아니지만, 대체로 충청도 설화에서는 비범성을 강조하는 경우가 많고, 기타 지역에서 채록된 경우에는 대결구도를 부각하려는 설화가 많다.

그런데, 이처럼 초인적인 능력의 소유자로 우암을 형상화 한 일은 그가 지녔던 비범함을 강조하는 데 어느 정도 기여하고 있다고 하더라도 그것이 우암 관련 전설만의 독자적인 면모라 하기는 힘들다. 실제로 우암은 그러한 능력을 발휘해야 하는 상황에 직면한 적이 거의 없다. 그저 고지식한 학자로서 자신의 신념에 따르고 이를 실천

---

13) "허미수 선생과 우암 선생"(구비문학대계2-5, 양양군 서면 설화65)

에 옮기려 노력하였을 뿐이다. 그러기에 실제의 우암은 전설 속의 우암과 적지 않은 거리가 있는 것이 사실이다. 이제, 우암의 삶에서 확인되는 개성이 전설에는 어떻게 반영되었는지를 살펴서 전설이 갖는 의미를 확인해 보기로 하자.

제3절
우암 전설의 특성

효종이 주창했던 북벌론에 대해서는 상반된 평가가 공존한다. 의리와 명분을 고려할 때 타당한 것이었다는 견해와 현실적으로 실현 불가능한 공론에 지나지 않았다는 견해가 양립하고 있는 것이다. 북벌론에 대한 시각의 차이가 나름의 타당성을 강조하는 상황에서 우암을 대하는 입장도 모든 사람들이 한결같기를 기대할 수는 없을 것이다.

전설 속에서 우암은 영웅성이 부각되기도 하지만 시비에 휘말리기도 한다. "허미수에게 욕 먹은 송시열"[14]설화나 미수와 우암의 대결을 자리다툼으로 본 설화[15] 등에서 그런 내용을 발견할 수 있다. 사약을 받고 운명하는 장면을 두고도 전혀 다른 두 가지 기록이 존재한다.[16] 시각의 차이를 전제하면 불가피한 일일 것이다. 그런데 이

---

14) 구비문학대계3-4, 영동군 학산면 설화2.
15) "허미수 선생과 우암 선생"(구비문학대계2-5, 양양군 서면 설화65)
16) 이덕일(앞의 책, pp.18-9)은 "우암 송시열은 직령의를 입은 후 사약을 마시고 죽었다. 그 전날 밤 흰 기운이 하늘에 뻗치더니 이날 밤 한 규성이 땅에 떨어지고…"라는 『조야회통』의 기록과 "정읍에서 사약을 받던 날 … 계교가 궁하자 다리를

사안에 대하여 그가 사약을 받았던 정읍에서 채록된 설화는 《조야
회통》이나 《명촌잡록》과는 전혀 다른 내용을 전하고 있다. 요약
하면 다음과 같다.

> 우암이 평생 본인의 오줌을 먹었고, 중년에 병이 들어 허미수가
> 처방한 비상을 두 냥 중 먹었기에 사약을 두 번씩이나 내려도 죽
> 지 않았다. 반대 정파에서 배에 태워 바다에 가라앉히자 비로소
> 죽었다. 미수의 처방을 그대로 따랐더라면 그렇게 했어도 죽지 않
> 았을 것이다.[17]

기록으로 전하는 내용과 비교하면 위의 전설은 상당한 차이를 보
인다. 최후의 순간까지 반대 정파의 인물과 연결 지어 우암의 죽음
을 이해하려고 했던 이유는 무엇일까? 그에 대한 정답이 있을 리 없
으나 적어도 우리는 한 가지 의미만큼은 확인할 수 있다. 즉, 역사적
사실에 대해서는 다양한 평가가 필연이고, 전설은 그 가운데 하나를
보여주는 유효한 수단이 된다. 우암의 탄생과정, 약방문을 둘러싸고
우암과 미수 사이에 있었던 일, 그리고 우암과 외가의 불협화음 세
가지 이야기를 중심으로 그 다양성을 확인해 보자.

3.1. 우암의 탄생과 자연의 변화

우암이 태어날 때 심상치 않은 자연 현상이 목격되었다는 진술은

뻗고 바로 드러누웠다. 도사 권처경이 재촉했으나 종시 마시지 않으므로…"라는
『명촌잡록』의 기록을 대비하며 제시하고 있다.
17) "송우암과 허미수"(구비문학대계5-5, 정읍군 감곡면 설화5).

많은 구연자들이 공통적으로 전하고 있다. 가장 특징적인 내용은 강물이 말랐다고 한 부분인데, 산줄기와 풀이 말랐다고 한 경우도 있고 강물빛이 변했다고 한 경우도 있다.

▶ 낳을 때 옥천 강물이 사흘을 말랐다.
▶ 서대산의 풀이 마르고, 접동강이 말랐다.
▶ 근처의 산줄기와 금강 물줄기가 말랐다.
▶ 월이산이 웅장한 소리를 내고 금강 물의 빛깔이 잠시 변했다.
▶ 모친이 산을 삼키는 꿈을 꾸고 낳았다.

위대한 인물이 태어날 때 외부에서 그에 감응하는 특이한 자연 현상이 목격되었다고 하는 예는 드물지 않게 찾을 수 있다. 그런데, 위에 소개한 것처럼 우암의 탄생은 조금 특이한 모습을 보인다. 강물이 일반적으로 생명의 원천 등 긍정적인 상징성을 지니고 있음을 고려하면 강물이 말랐다고 하는 것은 좋은 의미로 이해하기 어렵다. 더구나 마른 것은 강물에 그치지 않고 산줄기와 풀에까지 이른다. 이로 인한 의문을 청원군 미원면에서 채록된 설화 구연자는 다음과 같이 풀이하고 있다.

"그때 낳을 때 옥천 그 강물이 사흘을 말랐다는 겨. 옛날 얘기루는. 우리가 지금 생각하면 강물이 마를 수가 있느냐? 이러는데, 그만치 그 대인들은 이 산천의 정기를 타구 났나구 하는 얘깁니다."[18]

---

18) 구비문학대계3-2 청주시 청원군편, 정신문화연구원, 1981, p.713

그러나, 위의 구연자처럼 산천의 정기를 온통 받아 위인이 탄생했기에 풀이나 강물의 정기가 빠지고 그래서 이들이 말랐다는 설명은 무언가 석연치 않다. 따라서 건조한 자연은 특별한 메시지를 전한다고 해석할 필요가 있다.

우암의 삶은 그의 지명도에 비추어 보면 결코 순탄했다고 하기 어렵다. 이는 그가 정쟁의 한복판에서 일생을 보냈기 때문이기도 하지만 소신을 굽히지 않고 유가적 이념을 실천하려는 굳은 의지를 지녀서이기도 하다. 그런 삶의 곡절을 탄생과정에서의 자연의 모습에 투영한 것으로 볼 수 있다. 강물이 마르고 풀이 마른 때는 가뭄이 극심하고, 고난의 시기이며, 생명의 징표를 찾아보기 어렵다. 이런 환경에서 새 생명의 탄생은 좋은 시절이 찾아오리라는 신호일 수도 있지만, 고난의 시간을 함께 해야 하는 고통이 따른다. 이러한 양면적 모습이 우암 탄생 설화에 스며든 것으로 볼 수 있다.

3.2. 우암과 외가

우암이 어렸을 때 그의 부친은 처가살이를 했다. 그런데 처남 즉 외삼촌들의 장난이 심하여 이후 우암이 외가에 가지 않았다고 전한다. 다음 이야기들은 그에 대한 부연설명이다.

(1) 우암이 외가에서 푸대접을 받은 후 노하여 범을 타고 돌아갔는데, 이후 외가에서는 참봉 하나 나오지 않았다.[19]

---

19) "외가집에서 괄시받은 송우암"(구비문학대계 청원군 미원면 설화9).

(2) 우암의 부친이 처가인 현풍 곽씨가 사는 동네인 대덕군에서 봉욕을 당한 후 우암에게 그 설욕을 부탁한다. 우암은 영의정이 된 후 현풍 곽씨에게 모질게 대했다.[20)

(3) 외가에서 자라며 많은 구박을 받았고, 외가를 떠날 때 우니까 "외손자는 방아꽁만 못하다"는 말을 듣는다. 그래서 밥도 안 먹고 그 집을 떠난 후 우암이 이름을 떨칠 때 외가를 절단하였다.[21)

(4) 우암은 가난하였으나 강건너 외가는 부자였다. 외할아버지가 손자 우암을 얻어먹는 아이로 손님에게 소개하자 그냥 돌아갔는데 그가 가자 강물이 멈추었다. 이후 우암은 외가인 곽씨네 집에 앙심을 품고 산소를 둘러보다가 근처에 있는 연못 때문에 외가가 부자인 것을 알고 못을 메운다. 이후 외가는 못살게 되었다.[22)

이 이야기에서 대립의 당사자는 우암과 외가이다. 가장 설득력 있는 것은 우암의 부친과 처가의 대립일 터인데, 설화에서는 이를 모두 바꾸어 놓았다. 이야기는 두 가지가 중심 내용인데 외가의 푸대접과 우암의 외가에 대한 설욕이 그것이다.

우암의 행동이 정당한 것이라면 외가의 박해가 문제가 된다. 영웅소설에서도 처가에서 박대받는 영웅이 등장하곤 하는데, 우암의 경우는 그것의 변형이라고 볼 수 있다. 그런데 처가에서 박해받는 영웅이 특별한 반격을 가하지 않는 데 반해서 우암의 반격은 과도하다는 인상을 지울 수 없다. 구체적인 양상은 이야기마다 차이가 있지만, 외가에서 참봉 하나 나오지 않고 현풍 곽씨를 모질게 대하고, 인

---

20) "외가에 보복한 송우암"(구비문학대계 부여군 충화면 설화23).
21) 한국구비문학회, 앞의 책, p.45.
22) 같은 책 같은 곳.

연을 끊고, 외가를 가난하게 만들었다는 것은 지나친 앙갚음이라고 볼 수밖에 없다. 왜 하필 우암은 남도 아닌 외가와 원만하지 못한 관계에 놓였다고 후세 사람들이 기억하게 되었을까?

이에 대해서는 우암의 부친이 처가살이를 하였다고 한 부분에서 해결의 실마리를 찾을 수 있다. 처가살이는 남귀여가혼의 풍속이 있었음을 의미하는 것으로, 그 같은 사회적 현상이 지니는 각종 부작용 또한 예상되지만 그 실상에 대해서는 현재로서 확인하기 어렵다. 그런데, 많은 연구 결과가 보여주듯이 조선 후기에는 적장자 상속을 핵심으로 하는 종법이 일반에게까지 확산되어 갔다. 그리고 그 같은 흐름의 중심에 선 이들이 당시의 지배층 즉 노론이었다. 따라서 설화에서는 그 같은 상반된 면모 즉 남귀여가혼과 적장자 상속 사이의 이질성을 함께 보여주며 나름의 이해결과를 제시하고 있는 것으로 보인다. 우암의 경험과 우암으로 대표되는 지배층의 사고가 연결됨으로써 전승집단에게 강한 인상을 남기기에 충분했고, 그를 대하는 전승집단 나름의 독자적 시각이 반영되어 우암과 외가의 이야기는 널리 확산될 수 있었던 것으로 보인다.

3.3. 우암과 미수

우암 관련 전설 중에서 미수 허목과 우암 사이에 있었던 약방문을 둘러싼 이야기는 가장 유명하다. 여러 곳에서 각편이 채록되어 있는데 그 가운데 하나를 인용해 본다.

(…) 우암선생이 소시 때부터 속병이 있어가지고 참 그 동장을 받아 먹었거든, 어린애들 오줌을, 나이 참 오래되고 나이 연만하시니 자연히 인제 그 병이 생긴단 말이여. 생겨가지고 이제 죽게 됐단 말여. 죽게 됐는데 우암선생이 그 허미수선생과 한 조정에 있어서 좌우파로 그 노론, 소론으로. 인제 우암선생은 노론이고 미수선생은 소론이란 말이여. 소론인데…… 한 조정에서도 서로 무신 상의할 일이 있어도 등을 서로 지고 앉아가지고 그저 국사를 의논한단 말여. 이러니 서로 가위, 참 당파로 말하면, 서로 수원이지. 이래 지내는…… 근데 그 우암선생이 병이 났단 말여. 나가지고 세상 백약이 무효라. 그러나 허미수선생이 의원이거든. 이래서 의술에 능해 노니 허미수선생한테 우암선생이 그 자제를 보냈단 말여.

"내가 병이 이래 심하니 네가 미수선생한테 가서 약을 지오라."

이래 이제 씨기니(시키니) 그 우암의 자제가 가만히 생각해 보니 수원으로 있는데 가 가 약을 지(지어)달라 그래 봐야 약을 제대로 져 줄꺼 같지가 않거든. 그래 안 갈라고 하니,

"그래 그런 법이 없다. 이 글과 약이라는 거는 원수가 없어. 응 그러니 가면 약을 지어 줄테니 가라구."

우암공이 이제 이 얘기를 하니, 이제 어른 명을 거슬리지 못해가지고 이래 허미수선생님한테 갔단 말여. 가가지구 그래 병이 날 와 여러 가지를 이제 얘기하고 약을 지어 달라고 하니 그 약 져 주지. 대번 선뜻 이라거든.

"그래 약을 져 주는 것보담도 이게 단방문이 있으니 단방문을 하라."

이러거든. 그 그래 그게 뭐냐고? 이래 물으니,

"비상 서 돈쭝을 맥여가지고 등줄거리를 콱 차버리라고. 죽고로

고.”

이카거든. 비상 서 돈쭝을 맥여가지고 콱 차뿌라고 말이야. 그람 죽을 테니 그라 그라라고 이러거든. 그 소리를 들어보니 그 우암 선생의 자제가 그 분하기루 짝이 없단 말이여. 그러나 그거 참 어른 연배고, 같은 조정에 있는 어른인데, 욕을 할 수도 없고, 그냥 인제 둘아왔단 말야. 그냥 돌아와가주구, 인제 자기 어른 앞에 가니,

“그래 약을 지어 주더냐고,”

이래 물을 것 아니요? 물으니,

“이 약이고 뭐고 뭐 아무 말도 없더라고.”

그 비상 서돈중 그거만, 자기 어른이 죽을 듯허니, 그 안 가르체 드릴거 아닌가 말이야. 그래 강심히 물은들 그럴 리가 없으니 바른 대로 얘기하라고. 그래,

“비상을, 비상을 두 돈쭝을 자시게 하고 등을 차라.”

그러드라고.

“그럴끼라고, 내가 젊을 때부터 동장을 이래 삼어 먹었으니 내 창지(창자)에 오줌 보게미(버캐)가 있으니 그 약이 옳게 가르친게 라고.”

당장 비상 서 돈쭝을, 거 참 두 돈쭝을 사오라고 한단 말이여. 그러니 안 사올 수가 있나. 그 비단, 아니 비산(비상)을 두 돈쭝을 사왔단 말이야. 서 돈쭝을 사라 하는 걸 두 돈쭝을 샀거덩. 한 돈을 인제 약하게 했단 말이여. 그래 그래 모꼬(뭐꼬)-물로 마시고 말야. 하물로 마셨는지 어쩐지 그건 모르지만 모꼬-등을 차라고 한다. 아들더러 차라고 하니 아들이 자기 어른을 콱 찰 수가 있나. 더구나 말하기로 콱 차비리쁘리면 주게. 이카거든. 그러니 콱 찰 수가 있나 말야. 그래 살며시 약간 찼단 말야. 약간 차니끼네 뭐인

가 참 튀어 올른단 말야. 튀어 올러오는데 에 이제 그 병이 좀 나
았지. 나았는데 그 뒤로 인제 다음에 인제 몇 해 안 있다 죽었단
말이야. 죽었는데 그때 그 서돈중만 먹고 기대로 등을 힘들여 찼
이면 말야. 다 튀어 올를 걸 다 안 튀어 올라가지고 인제 오래 못
살고 결국은 저 우암선생이 돌아가셨대. 그 그러니 옛날 전설이,
전설인지-뭐 그런거-책에는 없는긴데, 아마 전설일꺼요. 그 옛날
사람들이 원수고 서로 미워도 말야, 글과 약은 지대로 지어 준다
는 기여.[23]

우암은 병이 들자 아들을 시켜 미수에게 약 처방을 부탁하고, 미
수의 약방문을 의심한 우암의 아들은 이를 그대로 전하지 않는다.
결국 우암은 그로 인해 사경에 이른다고 한 것이 대강의 내용이다.
이는 우암과 미수로 대표되는 서인과 남인의 대립 혹은 노론과 남인
의 대립을 전설에서 가장 적극적으로 반영한 사례이다.

이 설화에서, 우암은 정적인 미수에게 도움이나 청하는 나약한 존
재가 아니다. "약에는 원수가 없다"는 구연자의 말처럼 우암은 약을
핑계로 외부와 화해하려는 적극적인 몸짓을 보이고 있다고 이해할
수 있다. 그럼에도 불구하고 우암을 사지에 이르게 한 것은 그의 정
적으로 알려진 미수가 아니다. 오히려 대결의 주변에 있는 아들이
편협한 사고를 했기에 불행이 당겨진 것이라고 이야기는 설명한다.
아들 역시 정치적 대립 때문에 그런 판단을 했고 피해자로 볼 수 있
는 여지는 있다. 그러나 중요한 것은 우암 자신의 의지와는 상관없
이 세계가 억누르는 무게로 인하여 우암과 미수, 노론과 남인의 화

---

23) "송우암과 허미수"(구비문학대계1-1, 도봉구 미아동 설화12), pp.67~69.

해 가능성은 비극으로 끝을 맺고 만다.

여기서 주목되는 것은 전설에서 대립을 바라보는 관점이다. 우암과 미수의 대립은 현실에서는 이념과 복제문제 등을 두고 펼쳐졌다. 그러나 전설에서는 이를 약방문으로 변형시킨다. 약방문은 이념이나 복제보다 실제 삶에 가깝고 더 긴요한 사안이다. 전설을 향유하던 사람들은 이를 통해 이념대결이 목숨을 걸고 대립할 만큼 중요하지 않다는 자신들의 생각을 토로하고 있는 것으로 보인다.

그래서 심한 대립을 겪었던 정치인들의 면면에 대해서는 외면한다. 전설이 구연되는 장소에서는 정치적 대립은 큰 의미를 가지지 못하고, 정치적 거물도 결국은 한 인간에 지나지 않음을 부각한다. 그래서 상대방의 병을 자신의 이익을 위한 방편으로 활용하는 몰염치한 짓은 하지 않는다. 기본적인 인간의 조건을 인정해 주려는 이 같은 태도는 야담집에서 특정 인물의 인물평만을 고수하려는 태도와는 많은 차이를 보인다. 이상 논의를 통해 우암전설에서도 전승집단에 따른 시각 차이를 일정 부분 확인할 수 있다.

나오는 말

17세기를 대표하는 유학자 송시열에 대한 인물전설에 대해서는 다음과 같이 정리할 수 있다.

1. 야담집에 그려진 우암의 모습은 명분론으로 대표되는 기존의 인식을 그대로 수용하고 강조하면서 이를 되풀이하는 데 그친다. 그 구체적 방식은 인물평에 치중하는 것으로 나타난다.

2. 이와 달리 구연된 설화에서는 우암의 전 생애는 물론 그의 부친에게까지 관심의 범위를 확장시키고, 우암의 영웅성 강화를 위해 여러 가지 화소가 동원되고 있다. 그러나 이는 보조적 역할에 그칠 뿐 우암의 행적이 신비함으로 채색되지는 않는다.

3. 우암 관련 전설이 지닌 개성을 파악하기 위하여 특정 유형의 전설을 검토한 결과, 우암의 인물 특성이 부각되고, 당대의 사회 상황, 인간적 면모 등이 주요 소재로 다루어지고 있음을 확인하였다. 이는 전승집단의 시각이 반영된 결과라고 할 수 있다.

전설을 수용하는 전승집단의 의식은 계속 관찰이 필요한 숙제 가

운데 하나이다. 특히나 인물 전설에 대한 이해가 문화사적 접근을
필요로 하는 경우에는 그 과제의 해결이 더욱 절실하다. 우암 전설
에 대한 검토는 그 같은 문제를 염두에 둔 기초 작업으로 의미를 지
닐 수 있다.

저자 이주영

서울대학교 국어국문학과를 졸업하고 동 대학원에서 고전문학 전공으로
문학박사 학위를 받았다.
현재 서원대학교 국어국문학과 교수로 재직하고 있다.

충북의 전설 읽기
ⓒ 이주영 2011

초판 인쇄 2011년 9월 16일
초판 발행 2011년 9월 26일

지 은 이 이주영
펴 낸 이 이대현
펴 낸 곳 도서출판 역락

책임편집 이태곤
편   집 권분옥 이소희 박선주 전희성 임애정
디 자 인 안혜진 이홍주
마 케 팅 박태훈 안현진
관   리 이덕성

주   소 서울시 서초구 반포 4동 577-25 문창빌딩 2층(137-807)
전   화 02-3409-2055(대표), 2058(영업), 2060(편집)
팩   스 02-3409-2059
전자메일 youkrack@hanmail.net
등록번호 등록 1999년 4월 19일 제303-2002-000014호

ISBN 978-89-5556-944-5 93810

정 가 15,000원